나의
인생 이야기
자서전 쓰기

나의 인생 이야기
자서전 쓰기

1판 1쇄 발행 | 2017년 7월 3일
1판 4쇄 발행 | 2021년 12월 10일

지은이 | 조성일
펴낸이 | 김경배
펴낸곳 | 시간여행
편　집 | 이진의 · 박정민
본문 디자인 | 디자인 [연:우]

등　록 | 제313-210-125호 (2010년 4월 28일)
주　소 | 경기도 고양시 덕양구 지도로 84, 5층 506호(토당동, 영빌딩)
전　화 | 070-4032-3664
이메일 | sigan_pub@naver.com

종　이 | 화인페이퍼
인　쇄 | 한영문화사

ISBN 979-11-85346-48-9　(03800)

이 도서의 국립중앙도서관 출판예정 도서목록(CIP)은 서지정보유통지원시스템 홈페이지
(http://seoji.nl.go.kr)와 국가자료 공동목록시스템(http://www.nl.go.kr/kolisnet)에서
이용하실 수 있습니다. (CIP제어번호 : CIP2017014831)

나의
인생 이야기 **자서전 쓰기**

조성일 지음

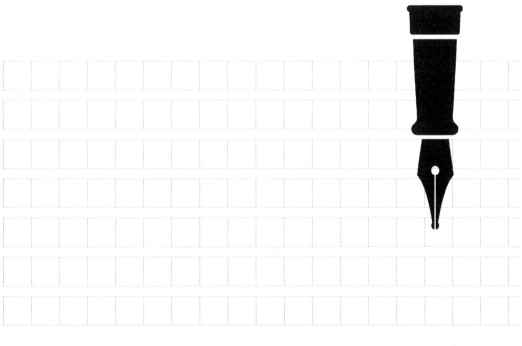

시간
여행

머리글

　요즘 부쩍 전기물이 재밌다. 최근 한 달 새 읽은 것만 꼽아보더라도 과학자 리처드 도킨스의 《리처드 도킨스 자서전》, 역사학자 임지현 교수의 《역사를 어떻게 할 것인가》, 소설가 고 최인호 선생의 《나는 나를 기억한다》 등 3종이나 된다. 여기에 사람을 주인공으로 하는 글쓰기 책까지 쓰고 있으니 온통 사람 이야기에 파묻혀 산다고 해도 크게 틀리지 않다.

　그동안 여러 가지 글을 써왔다. 저널리스트로서 기사와 서평을 썼고, 가끔 에세이나 잡문을 쓰기도 했다. 역사서를 비롯하여 몇 권의 책을 쓴 저술가의 명함도 가지고 있다. 그러면서 나는 남의 이름으로 글을 쓰는 '대필작가(ghost writer)'이기도 하다. 20여 년 전 우연한 기회에 차관을 지낸 한 유명인의 자서전을 대필한 것이 시작이었다. 원고료가 꽤 많아 부업치고는 썩 괜찮았다.

그 후, 또 한 사람의 저명인사 회고록 집필을 맡았던 적이 있었다. 먼젓번과는 다르게 그분의 구술에다 살을 붙이는 방식으로 진행되었다. 당시 구순을 바라보던 그분이 풀어놓은 삶의 기억은 너무 생생해 20년이 지난 지금도 내 기억에 또렷이 남아 있다. 그 삶은 살아있는 한국 현대사 그 자체였다.

최근 자서전 쓰기가 많은 사람에게 주목받고 있다. 얼마 전에 끝난 대통령 선거에서 한 후보가 '자서전 쓰기 지원'이라는 공약을 내었을 정도다. 평범한 사람들, 아직 젊은 사람들이 자서전을 많이 쓴다는 것도 특징이다. 자서전 쓰기가 유명인의 전유물에서 보통 사람의 취미생활로 확대된 것이다. 그런데 많은 사람들이 자서전을 직접 쓰고 싶어도 어떻게 써야 할지를 몰라 쉽게 시작하지 못한다. 그렇다고 대필을 부탁하기에는 비용도 많이 들고, 내 삶 이야기를 남에게 쓰게 한다는 게 선뜻 내키지 않는다.

내가 이 책을 쓰려고 생각한 이유가 바로 여기에 있다. 그동안의 경험으로 얻었던 '나의 자서전 쓰기 요령'을 과감하게 공개하면, 글쓰기가 익숙지 않은 이들도 자서전 쓰기에 도전할 수 있지 않을까 싶어서다. 나의 집필 경험을 떠올리며 어떻게 작업했을 때가 가장 효율적이었고, 또 원하는 내용을 잘 담아낼 수 있었던가를 정리해 봤다.

이 책은 글쓰기에 관한 학문적 연구의 소산이 아닌 한 글쟁이의 경험의 소산이다. 이에 미진한 부분도 있고, 또 비판의 여지도 많다. 독자들의 애정 어린 질정(叱正)을 바란다.

계획만 세워놓고 쓰기를 미루던 나를 다그쳐준 김경배 대표, 거친 원고를 말끔한 책으로 만드느라 애쓴 이진의 편집부장과 편집팀, 시간여행 식구들 모두에게 고마움을 전한다. 아울러 막연한 아이디어가 책으로 구체화되도록 부추긴 아내와 두 딸에게도 무한한 사랑을 전한다.

2017년 여름
조성일

| 차 례 |

제1부 자서전 쓰기를 위한 준비

제2부 자서전 집필의 실제

시작하며

사람은 누구나 저마다의 무늬를 가지고 있다. 훈장 같은 주름이 깊게 새겨진 무늬가 있는가 하면, 나이에 비해 앳된 모습의 무늬도 있다. 형태야 어떻든 그 무늬는 그 사람이 살아온 궤적을 고스란히 드러낸다.

나의 무늬는 어떤 형태일까. 이 물음에 조금도 망설이지 않고 자신의 무늬를 단박에 그려낼 수 있는 사람은 거의 없을 듯싶다. 내가 나를 누구보다 잘 알고 있을 것 같지만, 사실은 그렇지 않기 때문이리라.

사람의 무늬는 '선택'이라는 점과 점 사이를 연결한 수많은 선으로 형성된다. 인생은 '선택의 연속'이라 하지 않는가.

자신의 삶을 주의 깊게 살펴보면 매 순간이 선택 행위라는 걸 알 수 있다. 아침에 눈 뜨면, 지금 일어날까 조금 뭉그적거릴까, 버스를 탈까 지하철을 탈까, 점심은 자장면을 먹을까 설렁탕을 먹을까.

이렇게 사소한 선택들이 있는가 하면 깊이 의식하고 따져보면서 해야 하는 결정적 선택의 순간도 있다. 이 사람과 결혼할까 말까, 이 회사에 들어갈까 말까, 회사를 그만두고 창업을 할까 말까.

이럴 때 누구나 좋은 선택지를 고를 수만 있다면, 이 세상에는 실패한 인생이 없을 것이다. 하지만 현실은 그렇지 않다. 삶을 돌아보면 선택을 잘했다고 뿌듯해 하는 경우도 있지만, 후회하고 아쉬워 하는 경우도 못지않게 많을 것이다.

선택의 그 순간을 돌이켜 보라. 충분히 고민하고 나름의 합리적인 근거를 갖고 그 순간에 할 수 있는 최고의 선택을 했을 것이다. 그럼에도 결과는 왜 생각 같지 않은 걸까?

그것은 아마도 선택자인 '나'가 '누구인지'를 제대로 알지 못했기 때문이리라. 병법에서 이르기를, 전쟁에서 이기려면 적은 당연하거니와 나에 대해서도 잘 알아야 한다고 하지 않던가. 삶에서의 선택도 마찬가지다. 선택을 잘하려면 선택자인 내가 누구인지에 대한 '자기 인식'이 무엇보다 중요하다.

남들 말만 듣고 적성에 맞지 않는 직업을 선택한 경우, 경제 사정이 어려운데 학비가 많이 드는 학교에 진학한 경우, 경영이 서툰데 잘 나가는 아이템이라는 말만 듣고 가게를 연 경우……. 그 순간에는 나름 타당한 이유로 선택한 것 같아도, 자신에 대해 오해하고 있거나 잘 모르는 채로 선택한다면 좋은 선택을 하기 어려울 것이다.

이렇듯 삶의 과정에서 만나는 선택에는 자기 자신에 대한 인식이 매우 중요한 요소로 작용한다.

그렇다면 나를 오해하지 않고 제대로 알려면 어떻게 해야 할까?

나를 아는 방법에는 크게 두 가지가 있다. 나 스스로 그동안 살아온 삶의 여정을 성찰해보는 주관적인 방법과 가족이나 친지, 지인들이 '나'를 어떻게 인식하는지를 알아보는 객관적인 방법이 그것이다.

그런데 주관적이냐 객관적이냐는 크게 중요하지 않다. 내가 누구인지 궁금해지고, 나를 알려면 어떻게 해야 할지 고민을 시작했다면 일단 그것으로 충분하다. 그 고민이 생각 씨앗이 되어 내 삶을 돌아보게 해주기 때문이다. 내가 현재에 이르기까지 어떤 삶을 살아왔고, 어떤 선택을 해왔는지를 구체적으로 돌이켜보는 것이 바로 나를 알아보는 것이다.

하지만 삶을 돌아보려 해도, 기억은 막연하고, 인상은 뒤죽박죽이기 마련이다. 자랑하고 싶은 일만 기억하고 힘들었던 기억은 저만치 묻어두었을 수도 있다. 그래서 정말로 진정성 있게 자신을 돌아보고 싶다면, 그동안의 삶을 차분하게 정리, 정돈하여 하나의 형태를 갖추는 작업이 필요하다. '기록'이나 '글'과 같은 형태 말이다.

그래서 나는 '자서전 쓰기'를 적극 권하고 싶다.

그런데 누구나 글쓰기가 익숙한 것은 아니다. 해볼 만하겠다고 의욕을 불태우는 사람도 있겠지만, 편지 한 장도 제대로 안 쓰고 살 았는데 어떻게 자서전을 쓰느냐며 엄두도 못 내겠다는 사람도 있 을 것이다.

하지만 너무 어렵게 생각할 필요는 없다. 일단 생각한 바를 글자 로 표현할 수는 있지 않은가. 자서전을 쓰는 데 대단한 문학적 감수 성이나 문장 기술이 필요한 것은 아니다.

흔히 사람들이 술자리에서 이런 말을 한다.

"내가 살아온 얘기를 하면 책으로 몇 권이야!"

이렇듯 우리는 우리의 삶이라는 최고의 소재를 가지고 있다. 그 것으로 충분하다. 쓰기만 하면 된다.

그동안 필자가 강연과 글쓰기 지도를 하면서 알게 된 사실은 누 구나 자기만의 주제와 그에 맞는 표현 방식을 가지고 있다는 점이 다. 그렇기에 누구든지 요령을 조금만 터득하면 자서전쯤은 거뜬 히 쓸 수 있다.

이제 당신이 할 일은 용기를 내는 것뿐이다. 나머지는 걱정하지 마라. 이 책이 당신 곁에 서서 차근차근 그 길을 안내하는 길동무가 될 테니까.

이 책은 크게 3부로 구성하였다.

1부의 1강에서는 자서전 쓰기에 대한 기본적인 개념을 정리한 다. 자서전이란 무엇인지, 자서전 쓰기가 어떤 의미가 있는지를 탐구하면서 나만의 이야기를 써가기 위한 목표를 세운다.

2강에서는 자서전 쓰기에서 가장 중요한 수단인 글쓰기에 관해 설명한다. 우리가 평소 어렵지 않게 사용하는 말과 글이 어떻게 하면 쉽게 문장으로 전환될 수 있는지를 이야기한다.

3강부터 6강까지는 자서전 쓰기를 위한 기획 작업에 대해 살펴본다. 연보 작성, 키워드 뽑기, 자기소개서 쓰기 등의 작업을 통해 '지금의 나'의 정체성을 규명한 다음, 어떤 자서전을 쓸 것인지를 기획한다.

기획이 끝나면, 실제 자서전 집필에 필요한 보다 실증적인 자료 준비에 대해 알아본다. 여기저기 흩어진 개인사적 기록을 찾아 모으고, 인터뷰, 현장 취재 등을 통해 자료와 증언을 수집하는 방법, 그리고 수집된 자료의 정리 방법 등을 설명한다.

2부에서는 실제적인 집필에 관해 다룬다. 그동안 정리한 메모를 어떻게 활용하여 글을 만들어 가는지를 사례를 통해 보여준다. 프롤로그와 본문 3꼭지, 그리고 에필로그의 집필 실제를 보여주며 전반적인 자서전 쓰기에 참고할 수 있도록 했다.

이렇게 전반적인 원고 작성이 끝나면 마지막 과정으로 9강 퇴고법과 다시 쓰기, 10강 책 만들기까지 살펴봄으로써 대단원의 여정을 마친다.

3부에서는 참고하면 좋을 글쓰기 요령 12가지를 정리했다. 실제 글쓰기에 적용하면 좋을 실전 팁부터 문장력을 향상시키는 훈련 방법, 글쓰기 의욕을 불어넣고 글쓰기가 습관으로 자리 잡게 하는 방법 등을 담았다. 자료 준비가 끝나고 본격적인 집필에 들어가기 전, 글쓰기를 하는 동안에도 틈틈이 읽어보며 참고삼기를 바란다.

　이 책에서 주장하는 여러 방법은 전적으로 필자의 개인적인 경험에 기반한 것임을 밝혀둔다. 다소 투박해보이거나 눈에 거슬리기도 할 것이다. 너그러운 양해를 바란다. 의문점이나 반박하고 싶은 점이 있다면 언제든지 메일을 보내주길 기대한다. 이 책을 읽고 자서전 쓰기에 도전하는 독자들과 더 나은 자서전 쓰기 방법론을 만들어가고 싶은 것이 필자의 바람이다.

　삶을 어떻게 살아가야 할지는 삶 그 자체에서 배우는 수밖에 없다. 그런 의미에서 자서전 쓰기는 나 자신은 물론이거니와 가족이나 주변 사람들에게 '살아 있는 인생 교과서'를 선물하는 방법이다. 그 여정에 이 책이 좋은 친구이자 안내자가 되길 기대해본다.

제1부

자서전
쓰기를 위한
준비

Class 01

왜 자서전인가?

자서전이란

자서전이란 무엇일까?

자서전(自敍傳)을 사전에서 찾아보면, "작자 자신의 일생을 소재로 스스로 짓거나, 남에게 구술하여 쓰게 한 전기"라고 설명한다. "자신의 삶을 자기 스스로 쓴 글"이라고 하면 명쾌한 정의가 될 것이다. 한자로 풀면 스스로 자(自), 펼 서(敍), 전기 전(傳), '스스로 전기를 펴는 것'이 된다. '전기를 스스로 쓰는 것'이다. 영어로는 'autobiography'라고 하는데, '스스로'라는 의미의 'auto'와 '전기'라는 의미의 'biography'를 합하여 만들어진 단어이다.

서울대 프랑스문학과 유호식 교수는 《자서전》(2015, 민음사)이란 책에서 이렇게 설명하고 있다.

"자서전(autobiography)이란 용어는 그리스어 어원을 가진 세 단어의 합성어로 알려져 있다. 'auto-bios-graphein'은 '나-삶-쓰다'라는 의미로, '내가 나의 삶에 관해 쓴다.'라는 의미를 담고 있다. 여기에는 행위의 주체인 '나', 서술의 대상인 '나의 삶', 그리고 글쓰기라고 하는 '행위'가 분명히 드러나 있다. 자서전은 자신의 삶으로 하나의 이야기를 만들어내는 행위이다."

결국 자서전에서 가장 본질적인 부분은 "내가 직접 나에 관해서 쓴다"는 점이라고 하겠다. 평전이나 전기는 제삼자가 객관적으로 어떤 인물에 대해 묘사한다. 그러나 자서전은 당사자가 직접 자신의 삶을 쓰는 것이다.

"자서전이란 자신의 이야기, 그러니까 자신이 기억하는 이야기이다. 우리는 자신의 이야기를 통해 사람들의 이야기를 한다. 그래서 자서전을 읽으면 그 속에 그 사람만 있는 것이 아니라, 책을 읽고 있는 나 또한 그 속에 있는 것이다. 이렇게 우리는 삶의 이야기를 교환한다. 또한, 과거의 이야기를 하면서 만들고 싶은 미래의 이야기를 한다. 그러므로 자서전은 개인에게 기억된 역사이며, 동시에 그 사람의 꿈이다. 위대한 사람만 자서전을 쓰는 것이 아니다.

평범한 사람은 평범하므로 자신의 기억을 남겨야 한다. 자서전이란 오히려 자신이 기록하지 않으면 누구도 기록해주지 않을 기억을 남겨야 하는 모든 평범한 사람들의 의무인지도 모른다. 나는 10년에 한 권씩 자서전을 쓰기로 했다. 누가 내 이야기에 관심을 둘 것인가는 중요하지 않다. 나는 나를 위해 쓴다. 기록이 없으면 역사도 없고 자신의 세계도 존재하지 않을 것이다. 나는 사라질 것이고 나의 이야기는 남을 것이다.”

린다 스펜스의 《내 인생의 자서전 쓰는 법》(고즈원 펴냄)이란 책의 뒤표지에 실린, 지금은 고인이 된 변화경영전문가 구본형 씨가 쓴 추천사이다.

이 글은 자서전 쓰기에 도전하는 우리에게 던져주는 의미가 남다르다. “자신이 기록하지 않으면 누구도 기록해주지 않을 기억”을 남긴다는 것. 결국, 자서전 쓰기는 나 자신을 위한 일이다.

‘자서전’의 역사는 오래됐다. 그 유명한 마르쿠스 아우렐리우스의 《명상록》이나 성 아우구스티누스의 《고백록》, 몽테뉴의 《수상록》등 우리가 익히 알고 있는 고전들이 ‘자서전’ 성격을 지닌 책이란 점을 보면 알 수 있다. 또한 자서전은 지금까지도 계속 집필되고 있다. 앙드레 지드나 장 폴 사르트르, 벤저민 프랭클린, 최근엔 리처드 도킨스 등 내로라하는 저명인사들이 자서전을 썼다.

“삶의 이해를 돕는 가장 알기 쉬운, 최상의 형식”이 자서전이라는 독일 역사학자 빌헬름 딜타이(Wilhelm Dilthey, 1833년~1911년)의 설명을 접하면 동서고금을 막론하고 지금까지 자서전이 활발히 쓰이고 읽히는 이유를 알 수 있다. 자서전 쓰기가 그만큼 쓸모 있는 일이라는 것이리라.

자서전을 쓰는 세 가지 이유

자서전 쓰기는 자신의 가슴 속에 품고 있던 이야기들을 쏟아내는 작업이다. 속살을 드러내는 것 같아 부끄럽기도 하고, 예기치 않은 또 다른 '사건'을 만들까 부담스럽기도 하다. 그래서 선뜻 나서지 못하고 망설이는 이들이 많다. 하지만 자서전에는 그 모든 것을 감수할 만한 가치가 충분하다. 왜 자서전을 써야 하는지 그 이유를 알아보자.

첫째, 내가 누구인지를 인식하게 해준다

사람들에게 "너는 누구냐"고 물어보면, 순간 당황하면서 개똥철학 하지 말라며 장난스럽게 "김영수"라고 자기 이름을 대거나 "나는 나"라고 둘러대기 일쑤다. 그런데 알고 보면 대부분이 자기 자신이 누구인지를 정확하게 모른다. 우리 솔직해져 보자. 내가 누구인지 자신 있게 설명할 수 있는가.

내가 누구인지를 안다는 것은 매우 중요하다. 철학으로까지 생각의 범위를 넓힐 필요는 없다. 인생살이를 설계할 때 가장 중요한 요소가 무엇인가. 설계도의 주인공인 내가 누구인지를 알아야 그림을 제대로 그릴 것 아닌가.

많은 사람들이 쉽게 생각하고 치킨집과 같은 프랜차이즈 사업에 뛰어든다. 그런데 이들 중 상당수는 실패한다. 내가 어떤 사람인지에 대한 인식이 없었던 것이 가장 큰 이유일 것이다. 내가 누구인지 알았다면 내가 장사나 서비스업을 감당할 수 있는 적성이 있는지도 알았을 것이고, 적성에 맞아서 창업했다면 실패할 확률이 적을 것이다. 더욱이 내가 누구인지, 무엇을 하며 살았는지, 할 수 있는 게 뭔지, 앞으로 어떻게 살아가고 싶은지를 알고 나서 결정했다면 어려움이 닥쳤을 때도 당황하지 않고 차근차근 문제를 해결해나갈 수 있을 것이다.

앞에서 인용했던 구본형 씨가 10년에 한 번씩 자서전을 쓰겠다고 한 것도 그런 이유에서가 아닌가 싶다. 10년에 한 번씩 자신의 삶을 되돌아보고 다시 10년의 삶을 설계하기 위해.

그렇다면 효율적인 자기 인식 방법에는 어떤 것이 있을까. 자신의 삶을 오롯이 되돌아보며 그 기억들을 글로 적는 자서전만 한 것이 있을까.

둘째, 나 자신과 화해하는 치유 효과가 있다

살다 보면 누구나 맘속에 풀지 못한 응어리를 하나둘씩 지니게 된다. 사람들은 이걸 한(恨)이라고 흔히 표현한다.

이 한은 항상 우리 마음속 깊은 곳에 똬리를 틀고서 삶을 어렵게 만든다. 열등감과 분노의 원천이 되고, 용기와 자신감을 깎아 먹는다. 쓸데없이 허영을 부리게 하거나 중요한 때 판단을 그르치게 하기도 한다. 심하면 마음의 병이 된다. 한을 풀고 시원해지고 싶어도 어린 시절의 상처, 젊은 날의 실수 등 지나간 옛일에 그 원인이 있는 경우가 많아 해결도 어렵다. 내 마음속 깊은 곳의 한은 어떻게 풀어줘야 할까.

한을 풀기 위해서 가장 먼저 해야 할 일은 바로 나를 돌아보는 것이다. 내가 누구인지 알아가는 과정을 통해 여러 가지 내 모습을 만나게 된다. 그렇게 만난 과거의 내 모습도 현재의 내 모습도 모두 나다. 나 자신을 있는 그대로 이해하고 받아들이고, 나 자신과 화해하는 것이다. 그러고 나면 한은 언제 있었느냐는 듯 눈 녹듯 스르르 풀린다.

부부싸움 후 어떻게 화해했는지 생각해보자. 처음에는 무작정 서로 잘잘못을 지적하며 속상한 감정을 쏟아낸다. 그랬다가 일정 시간이 흐른 후 남편이든 아내든 누군가가 먼저 말을 걸면서 화해 분위기가 조성된다.

잘 보면 그 과정에는 한바탕 하소연을 늘어놓는 통과의례가 있다.

아직 감정이 격해 서로에게 차분하게 말을 할 수 없을 때는 주변 사람을 붙잡고서라도 이야기를 한다. 친구를 만나 술 한잔하면서, 아니면 전화로라도 한바탕 쏟아낸다. 이렇게 가슴 안에 있는 불만을 누구에게든 털어놓고 나면 가슴이 후련해지고 맺힌 것이 해소된다.

그러고 나면 자신과 상대방의 행동을 돌아보게 되고, 서로 이해하게 되고 화해의 손을 잡게 된다. 그래서 부부는 다시 살을 맞대고 산다. 그런 과정이 없다면 그 스트레스가 통째로 한이 될 것이다. 아무리 부부라고 해도 틀어진 사이가 그냥 스르르 풀리는 것은 아니다. 그래서 스트레스를 바깥으로 발산하는 과정이 필요한 것이다.

우울증 치료 과정을 보면 가슴에 맺힌 것을 발산시키는 것이 얼마나 중요한지 알 수 있다. 우울증 치료법의 한 가지로 정신분석이라는 방법이 있다. 정신분석이란, 환자의 무의식 속에 잠자고 있는 응어리를 들춰내 그 응어리가 어디서 어떻게 비롯되었고, 또 어떤 영향을 미쳤고, 지금은 어떤 상태로 있는지를 찾아내는 작업이다. 이를 위해 정신과 의사는 환자와 상담을 하며 여러 차례 이런저런 살아온 이야기를 주고받는데, 상담과정에서 환자는 스스로 무의식 속에 맺힌 것들을 털어놓게 된다. 그리고 정신과 의사는 이를 분석하여 환자를 괴롭히는 원인을 찾아낸다. 원인을 알면 그 응어리에서 벗어날 가능성이 생긴다. 정신과 의사들의 임상경험담을 들어보면 많은 환자가 정신분석 과정을 거치고 나면 다시 살아갈 힘을 얻는다고 한다.

자서전 쓰기 역시 이와 다를 바 없다. 누구에게도 속 편히 말하지 못했던 내 삶의 이야기를 글이라는 창구를 통해 시원하게 털어놓고, 감정을 바깥으로 분출하는 것으로 커다란 카타르시스를 느낄 수 있다. 그래서 자서전 쓰기는 나를 이해하고 나와 화해하는 심리적 치유 방법이다.

셋째, 후손들에게 물려줄 정신적 유산이다

사람들은 "자식들은 절대로 나처럼 살게 하지 않겠다."라는 말을 자주 한다. 이 말에는 자식들이 나보다 더 성공했으면 하는 마음도 있지만, 본질적으로는 내 자식들만은 내가 겪은 삶의 어려움을 겪지 않고 행복한 삶을 영위하길 바라는 부모의 진정성이 들어있다.

그런데 자식들의 삶을 가만히 들여다보면, 나의 삶을 고스란히 닮고 있음을 발견하게 된다. 한 집에서 먹고 자고 살면서 자신도 모르게 동화되기 때문이리라. 생활양식을 공유하는 터라 습관도 비슷하고, 사람과 어울리는 모습도 비슷하다. 때로는 배우자까지 부모를 닮은 사람을 선택하기도 한다. 이렇듯 자신의 삶은 자식들을 통해 대물림된다.

그런 점에서 보면, 나의 삶은 자식들에게, 나아가 그 자손들에게도 매우 중요한 의미를 지닌다. 자식들이 나보다 더 나은 삶을 살기를 바란다면, 내가 어떤 삶을 살았는지 자식들에게 알려주는 것은 선택이 아니라 의무라고 해도 과언이 아니다.

주변을 둘러보면 자신의 부모님이 어떻게 결혼했는지, 또 어떤 삶을 살아왔는지 제대로 아는 사람이 그리 많지 않다. 우리 스스로 그다지 관심을 갖지 않았거니와, 부모님들도 거의 얘기해주지 않았기 때문이다. 그렇다 보니 자식들에게도 지나간 삶의 이야기를 하지 않고 흘러가는 경우가 많다.

그렇지만 간혹 가족들이 외식하는 자리에서 아이들이 태어나기 전 이야기를 꺼내면, 아이들 눈이 놀랄 만큼 반짝이는 것을 보게 된다. 옛날의 학창시절, 아빠 엄마의 연애담, 그 시절 먹거리 같은 시시콜콜한 이야기에 귀를 쫑긋 세운다. 사실 자식들은 부모의 삶에 관심이 많다. 단순한 흥미를 넘어 그 이야기 속에서 의미를 찾고 자신의 삶에 지침으로 삼으려 한다.

요즘엔 자식들이 부모님 칠순이나 팔순 선물로 자서전을 출간해 드리는 경우가 많다고 한다. 부모님 기꺼우시라고 하는 것도 있지만, 자식 입장에서도 부모님이 더 나이 들기 전에 그분들의 삶을 알고 간직하고 싶기 때문일 것이다. 긴 시간, 최선을 다해 살아온 삶 자체가 자식들에겐 그 무엇과도 바꿀 수 없는 값진 유산이다.

카톡이 글이다

글쓰기, 카톡할 줄 알면 누구나 한다

군이 자서전 집필이 아니라도 글쓰기는 인생의 좋은 벗이다. 일기, 편지, 블로그, 페이스북……. 일상에서 우리가 누릴 수 있는 글쓰기의 즐거움은 많다.

하지만 많은 사람들이 "나는 글을 못 쓴다."고 지레 선을 긋는다. 쓰긴 쓰는데 잘 쓰지 못한다는 의미일 때도 있고 글과 담을 쌓았다는 의미일 때도 있지만, 공통분모는 글쓰기 앞에서 작아진다는 것이다. 그래서인지 자서전 쓰기를 해보고 싶다고 생각하면서도 선뜻 엄두를 내지 못하는 사람이 많다. 하지만 글쓰기란 그렇게 어려운 것이 아니다.

카톡 하지? 당연히 한다. 카톡은 오늘날 소통의 대명사다. 다들 카톡으로 안부도 묻고, 약속도 잡고, 수다를 떨거나 심지어 싸움까지 한다. 그러면 됐다. 카톡을 한다면 이미 글을 쓸 줄 아는 것이다.

카톡을 할 때 어떤 방식으로 메시지를 주고받는가? 글자이다. 때로는 이모티콘도 곁들인다. 이를테면, "카톡" 하길래 핸드폰을 열어보니 배우자에게서 이런 메시지가 와 있다고 하자.

"즐점하세요^^"

누구나 이 카톡의 의미를 알 것이다. 즐겁게 점심을 먹으라는 메시지에 웃음을 뜻하는 이모티콘(^^)을 곁들였다. '즐점'은 SNS에서 즐겨 쓰는 축약어로 '즐거운 점심'을 의미한다.

자, 그럼 이 카톡을 문장으로 다시 써보자.

"즐거운 점심 하세요. 호호!"

흠잡을 데 없이 완전한 문장이다. 이모티콘이나 축약어 등 다양한 기호들이 글자를 대신하기는 하지만, 이런 것들이 글자와 어우러져 문장의 꼴을 이룬다. 주어나 목적어가 빠진 문장을 보낼 때도 있지만, 이때도 그냥 빠뜨리는 것이 아니다. 카톡을 받는 상대방이 빠진 내용을 이해할 수 있을 때만 의도적으로 생략한다. 그러니 카톡 메시지는 소통의 기능을 다하는 '완전한 문장'인 것이다.

글이란 별 게 아니다. 문장이 여럿 모이면 그게 글이다. 우리는 카톡을 통해 이런 문장을 매일 수 개에서 많을 때는 수십 개씩 보낸다. 한 문장만 쓸 때도 있지만 두 문장, 아니 장문의 메시지를 보낼 때도 있다. 즉 우리는 매일 글을 쓰고 있는 셈이다. 카톡으로 문장을 주고받으면서 의사소통을 할 수 있다면, 당신은 이미 기본적으로 글을 쓸 수 있는 능력을 갖추고 있는 것이다.

카톡할 때 쓰는 글과 자서전의 글이 어떻게 같냐고 말하는 사람들도 있다. 하지만 그렇지 않다. 카톡의 글이 따로 있고, 자서전의 글이 따로 있는 것이 아니다. 굳이 다른 것을 찾자면 메시지에 담기는 내용뿐, 문장의 형식은 카톡에서든 자서전에서든 똑같다.

예를 들어보자. 대학입시 논술시험은 글쓰기 시험일까? 그렇지 않다. 초, 중, 고교 과정을 정상적으로 마친 사람이라면 누구나 글로 기본적인 의사소통을 할 수 있다. 논술시험은 글쓰기 능력을 보려는 것이 아니라 논리적 사고력을 테스트하는 것이다. 자서전 쓰기도 마찬가지다. 문장 쓰기 능력이 중요한 것이 아니라 그 안에 담긴 삶의 내용이 중요한 것이다.

지인에게 할 말이 있을 때 부담 없이 카톡을 쓰듯, 내 삶에 대해 할 말이 있다면 자서전을 쓰는 데도 어려움을 느낄 필요가 없다.

물론 카톡은 보통 두어 줄에 불과하고, 자서전은 분량이 상당한 만큼 시작하는 부담이 없을 수는 없다. 하지만 어떤 책이든 한 문장에서 출발한다. 한 권의 책도 그 한 문장이 다음 문장, 또 다음 문장으로 이어지면서 이루어진 것이다.

게다가 자서전이라고 해서 꼭 몇백 페이지짜리 두꺼운 책을 생각할 필요는 없다. 내 인생의 모든 사건을 쓰는 것이 아니라 내가 중요하게 여기는 이야기를 쓰는 것이 자서전 아닌가. 처음에는 두세 장이든 스무 장이든 백 장이든 쓰고 싶은 내용만, 쓸 수 있는 만큼만 쓰면 된다. 첫술에 배부르지 않는다. 일단 내 이야기를 쓰는 즐거움을 느끼고 나면, 쓰고 싶은 내용도 계속 떠오르고 덧붙일 말도 늘어날 것이다. 그때 가서 점점 양을 늘려가며 다시 쓰기를 거듭하면 된다. 내가 만족하면 그때가 탈고다. 그때가 되면 어느새 한 권의 책으로 출간할 만큼 원고가 쌓여 있을 수도 있다. 일단 쓰고 보자.

글은 무엇으로 이루어지나

우리나라 현대 단편소설을 완성한 작가로 평가받는 이태준은 《문장강화》(창비)에서 글에 관해 재미있게 설명한다.

"'벌써 진달래가 피었구나!'를 소리 내면 말이요, 써놓으면 글이다. 본 대로 생각나는 대로 말을 하듯이, 본 대로 생각나는 대로 문자로 쓰면 곧 글이다. 말과 글이 같으면서도 다른 점은 여러 각도에서 발견할 수 있다. 우선 말은 청각에 이해시키는 점, 글은 시각에 이해시키는 점이 다르다. 말은 그 자리, 그 시간에서 사라지지만, 글은 공간적으로 널리, 시간상으로 얼마든지 오래 남을 수 있는 것도 다르다."

다른 사람에게 전달해야 하는 뭔가가 있는데, 이걸 목소리(voice)로 전하면 '말'이고, 문자로 표현하면 '글'이란 얘기다. 그러니까 글이란 결코 우리의 말글살이와 동떨어진 게 아니다. 매우 가까운 것이자 우리가 빈번하게 사용하는 것이다.

앞에서 문장이 모이면 글이 된다고 했다. 그러면 이번에는 문장을 이루는 기본단위인 '단어'를 들여다보자. 사전에서는 단어를 "분리하여 자립적으로 쓸 수 있는 말이나 이에 준하는 말"이라고 설명하고 있다. 쉽게 생각하면 개별적으로 의미와 기능을 가지고 있으면 단어라고 볼 수 있다. '떡', '이야기책', '기와집' 같이 사물을 나타내는 말, '철수', '영희'와 같은 고유명사, '빨갛다', '슬프다' 같이 속성을 나타내는 말도 모두 단어다. 단어의 뒤에 붙어 문장에서 그 단어의 역할이 무엇인지 표시해주는 '은', '는', '이', '가' 같은 조사도 그 자체로 하나의 단어다.

단어는 의미를 나타내는 단위이니, 우리가 표현하고자 하는 사물이나 생각을 표현하는 적당한 단어를 찾아내는 것부터가 글쓰기의 시작이다. 우리는 특별한 생각 없이 이미 알고 있는 단어를 무의식적으로 골라서 사용한다. 하지만 어떤 단어를 선택하느냐는 생각보다 중요하다. 특정 단어의 빈번한 사용은 곧 그 사람의 말글살이를 상징적으로 보여주는 것이어서, 글의 스타일은 물론 글이 나아가는 방향에까지 영향을 미친다. 시인이 맞는 시어를 찾기 위해 몇 날 며칠을 지새운다는 말은 과장이 아니다.

단어가 두 개 이상 모이면 문장이 된다. 문장이 모이면 문단이 된다. 단순히 문장이 여러 개 있는 것이 아니라, 하나의 일관된 주제로 써 내려간 문장들의 모임이 문단이다. 책을 보면 문장이 끝난 다음 줄 바꿈을 하지 않고 계속 이어지는 경우와 줄 바꿈을 하는 경우를 볼 수 있는데, 다루고 있는 내용이 일단락되고 다음 이야기로 넘어갈 때 줄을 바꾼다. 한 문단이 끝나고 다음 문단으로 이어지는 것이다.

각 문단은 서로 연관이 있으면서도 각기 다른 소주제를 가지고 있다. 문단이 모이면서 이 소주제들이 하나로 이어져 글에서 결론적으로 전하려는 메시지, 대주제가 된다. 가령, '떡'을 소재로 '옛 추억'이란 대주제의 글을 쓴다고 해보자. 첫 문단에 동네 떡방앗간 이야기, 두 번째 문단에 어릴 때 떡을 먹다 체했던 사건, 세 번째 문단에 할머니가 해주시던 떡 이야기를 쓰면 세 문단이 모여 떡에 얽힌 추억을 이야기하는 한 편의 글이 된다.

이렇게 보면 글을 써나가는 과정이란 작고 단순한 의미의 단위들을 모아 점점 더 크고 깊은 의미를 전달해나가는 과정이다. 자서전 쓰기도 같다. 삶에서 겪은 크고 작은 사건을 모아나가다 보면, 내 인생의 참 의미라는 깊고 심오한 주제에 도달하게 되는 것이다.

문장의 조건

우리가 글을 쓰는 목적은 앞에서 설명했듯 "다른 사람들에게 내 생각이나 의견을 전하기" 위해서다. 그렇다면 내 글을 읽은 사람들이 내 메시지를 정확하게 알아들을 수 있어야 한다.

사람들이 제대로 읽게 하려면 제대로 써야 한다. 읽고 나서 "궁금한 점이 없는 문장"이 좋은 문장이다.

문장에는 정해진 형식이 있다. 그 형식을 잘 갖출수록 의미를 쉽고 빠르고 정확하게 전달할 수 있다. 흔히 이야기하는 문법이 바로 이 형식이다.

문장의 기본 형식에는 세 가지가 있다.

주어+서술어
주어+목적어+서술어
주어+보어+서술어

문장 하나를 예로 들어보자.
"아이가 먹는다."

이 문장을 보면 여러 가지 궁금증이 생긴다. 우선 '뭘' 먹는지가 궁금해진다. 먹는 게 밥인지, 약인지에 따라 전달하려는 의미가 전혀 달라진다. 핵심이 빠졌기 때문에 완전한 문장이 아니라는 생각이 든다.

이번에는 이런 문장을 보자.
"아이가 걷는다."

어떤가. 궁금증이 전혀 없는 것은 아니지만, 전하려는 의미를 온전히 알 수 있다.

똑같이 주어와 술어 두 단어로 구성된 문장이고, '먹는다'도 '걷는다'와 똑같이 움직임을 나타내는 '동사(움직임)'인데, 왜 이런 차이가 생기는 것일까?

동사에는 두 가지가 있다. 스스로 제구실을 다 하는 '자동사'와 남의 도움을 받아야만 제구실을 하는 '타동사'가 그것이다. 이 점을 인식하고 앞에서 예로 든 "아이가 걷는다."와 "아이가 먹는다."는 두 문장을 다시 보자.

'걷는다'는 다른 것의 도움 없이도 '걷는다'는 움직임을 제대로 표현해준다. 자동사이다. 반면 '먹는다'는 혼자서는 제구실을 못 한다. '먹는다'는 행동의 의미를 명확하게 하려면 반드시 '무엇을'에 해당하는 말이 들어가야 한다. 이렇게 다른 단어의 도움이 필요한 동사를 타동사라 한다.

"아이가 과자를 먹는다."

'과자를' 동사 앞에 넣자 궁금증이 해소되었다. 타동사의 의미 전달을 도와주는 말을 '목적어'라고 부른다. 타동사가 전달하려는 행위에는 항상 대상, 즉 목적이 있다는 얘기다.

서술어에는 움직임을 표현하는 동사 외에 상태나 속성을 설명하는 말이 있다. 형용사 또는 '~이다'와 같은 서술격조사가 붙은 어구가 그것이다. 이들은 대체로 다른 말의 도움 없이도 제구실을 한다.

"아이가 예쁘다."

"아이는 일곱 살이다."

이 문장들을 보면 다른 단어 없이도 큰 궁금증이 없다. 주어 + 서술어의 기본 골격을 가진 문장에 해당한다.

그런데 자동사나 형용사 중에도 간혹 혼자서 구실을 못 하는 것이 있다. '되다'와 같은 동사와 '아니다'와 같은 형용사가 그 예이다.

"아이가 되었다."

이 문장도 보자마자 궁금증이 생긴다. '무엇이' 되었나가 궁금하다. 이 '무엇이'를 보충해주는 말을 보어라고 한다.

"아이가 초등학생이 되었다."

이제까지 살펴본 '주어+서술어', '주어+목적어+서술어', '주어+보어+서술어'의 세 가지가 문장의 기본 골격이라고 할 수 있다.

문장의 구조가 이렇게 짧고 단순한데, 우리가 실제 사용하는 문장들이 훨씬 길고 복잡해 보이는 이유는 무엇일까?

그것은 우리가 전달하려는 의미가 얼마나 복잡한가에 달렸다. 주어나 목적어, 서술어는 의미를 명확하게 하기 위해 화장하길 원하는 속성이 있다. 즉 다른 단어나 어구로 꾸며주길 좋아한다는 얘기다. 그냥 '아이'이기보다는 '예쁜 아이'이고 싶고, 그냥 '빵'이기보다는 '달콤한 빵'이고 싶고, 그냥 '먹다'보다는 '맛있게 먹다'이고 싶다. "예쁜 아이가 달콤한 빵을 맛있게 먹는다." 이 정도로 끝날까. 아니다. 그 문장을 통해 우리가 전달하려는 정보가 많으면 많을수록 꾸밈말이 많아지고 문장은 길어진다.

'예쁜 아이'는 '옆집 사는 예쁜 아이'가 될 수 있고, '달콤한 빵'은 '할머니가 준 달콤한 빵'이 될 수 있고, '맛있게 먹다'는 '누가 빼앗아 먹을까 봐 힐끔힐끔 눈치를 보며 맛있게 먹는다'가 될 수 있다.

"옆집 사는 예쁜 아이가 할머니가 준 달콤한 빵을 누가 빼앗아 먹을까 봐 힐끔힐끔 눈치를 보며 맛있게 먹는다."

단 세 단어로 시작한 문장이 17단어가 되며 길이가 몇 배나 길어졌다. 단순히 길어지기만 한 것이 아니라 내용도 훨씬 풍부하고 정확해졌다. 이렇게 문장의 의미를 더 깊고 생생하게 해주는 것이 꾸밈말의 역할이다.

아울러 화장(꾸밈)하는 기본적인 원칙도 알아두자. 눈을 예쁘게 하고 싶으면 화장을 눈에 하지 코에 하지 않는다. 문장도 이치가 똑같다. 꾸미고자 하는 말 바로 앞에 꾸밈말을 위치시키는 것이 가장 효율적이다.

사실 우리는 문장이 무엇인지 이미 몸으로 잘 알고 말글살이에서 잘 활용하고 있다. 누군가와의 소통에 어려움이 없다면 아마도 기본적인 규칙을 잘 지킨 문장을 구사하기 때문일 것이다.

기본형부터라도 글을 쓰다 보면 저절로 꾸미면서 의미를 구체화하는 요령을 터득하게 된다. 이런 것들이 하나둘 쌓이면서 나중에는 문장을 자유자재로 꾸미는, 시쳇말로 갖고 놀 수 있게 된다.

말을 글로 전환하기 연습

앞에서 목소리로 하면 말이요, 문자로 쓰면 글이라는 이태준의 말을 인용했지만, 의외로 평소에 이를 실감하기는 어렵다. 말은 참으로 조리 있고 재미있게 잘하는데, 글은 도저히 못 쓰겠다고 하는 사람들이 많다. 열띤 회의를 통해 결론을 지어놓고, 막상 회의 내용을 바탕으로 보고서를 쓰려니 머릿속이 하얗게 되는 경험은 누구나 했을 것이다. 이런 사람들은 내 입말을 글로 전환하는 훈련을 통해 글쓰기의 물꼬를 터볼 수 있다.

먼저 글로 쓰고 싶은 내용에 관해 누군가와 이야기를 나누면서 녹취를 한다. 그리고 녹취를 들으면서 그대로 받아 적는다. 분량은 5분을 넘지 않는 것이 좋다. 녹취록 작성은 생각보다 시간이 많이 걸린다. 쓰거나 타이핑하는 속도가 말의 속도를 따라가지 못해서 자꾸 되돌려 들어야 하기 때문이다.

다 된 녹취록을 읽어보면, 처음에는 '역시 말과 글은 다르다.'는 생각이 들 것이다. 주어와 술어가 제대로 호응하지 않고, 중언부언 같은 말을 반복하거나, 말버릇, 추임새가 남발되는 것을 볼 수 있다.

동기 모임에서 먼저 자리를 떴던 일을 이야기하는 아래 문장을 보자.

"그때 나는 너무 네가 좀 우중충한……. 그러니까 빨리 갔지!"

이것만 가지고는 뜻도 잘 알 수 없고 말이 되지 않는 것 같다. 하지만 미리 실망하지 말고 이 녹취록을 문법에 맞게 정리해보자. '문법'이란 단어에 긴장할 필요는 없다. 앞서 살펴본 문장의 기본 골격에 맞추면 충분하다.

우선 주어와 서술어가 서로 제대로 호응하는지 살펴보고, 서술어가 잘 끝맺어지도록 정리한다. 주어는 나인데 행동은 다른 사람의 행동이라면 호응이 맞지 않는다. 예시 문장의 경우에는 빨리 간 사람은 '나'이다. 주술에 맞게 순서를 맞춰 보자.

"그때 너무 네가 좀 우중충했다. 그러니까 나는 빨리 갔다."

다시 문장 앞부분의 호응을 살펴보자. 우중충한 것은 모임 자리의 분위기일 것이다. 주어 '네가'의 서술어도 빠져 있다. 호응에 맞게 빠진 내용을 채워 넣는다. 불필요한 추임새나 말버릇이 있으면 삭제한다.

"그때 네가 꺼낸 화제 때문에 분위기가 우중충했다. 그러니까 나는 빨리 갔다."

말을 할 때는 말하는 사람과 듣는 사람이 정해져 있고, 서로 알고 있는 내용은 생략하고 말한다. 하지만 글을 쓸 때는 맥락을 모르는 제삼자가 궁금한 점이 없도록 써야 한다. 필요한 정보를 추가해보자.

"모임 중간에 성호가 꺼낸 취직난 이야기 때문에 분위기가 우중충했다. 그래서 나는 빨리 집에 갔다."

호응을 맞추고 궁금한 점을 채워 넣은 것만으로 그럴듯한 문장이 된다.

이런 식으로 한 문장 한 문장 고쳐보라. 정리가 끝나면 전체를 다시 한 번 읽어보라. 근사한 글이 되었음을 발견할 수 있을 것이다. 만약 대화가 특정 주제에 대한 것이었다면, 녹취록 전체가 그 주제에 대한 글이 되는 것이다.

이렇게 내가 하고 싶은 말을 글로 바꾸는 경험을 몇 번 하면 글쓰기에 대한 부담이 한결 사라질 것이다. 무엇보다도 "뭘 써야 할지 모르겠다."는 큰 고민이 어느새 사라졌다는 것을 깨닫게 될 것이다.

좋은 글이란

이왕 글을 쓰는 것, '좋은 글'을 쓰고 싶다는 마음은 누구에게나 있다. 소설가 이외수가 말했듯, "음식처럼 씹을수록 제맛 나는 글"이 있다. 씹을수록 제맛 나는 글이 바로 좋은 글이라고 할 수 있다.

좋은 글을 쓰는 것이 쉬운 일은 아니다. 하지만 태어나면서부터 문장가인 사람은 없다. 글을 자꾸 쓰다 보면 문리(文理), 즉 '글의 이치'를 깨우치게 되고, 문리를 깨우치면 마음속에 있는 그대로를 독자에게 전달하는 감동적인 글을 구사할 수 있다.

그렇다면 좋은 글을 쓰기 위해서는 어떤 점을 고려해야 할까? 독자의 관점에 따라, 글의 종류에 따라 좋은 글의 조건은 다를 수 있다. 특히 시나 소설 같은 문학에는 더 다양하고 예외적인 조건이 적

용된다. 하지만 '내 뜻을 쉽고 정확하게 전달한다'는 글의 본질에만 집중한다면 좋은 글의 조건은 대개 비슷하다.

자서전에는 문학적인 속성도 있다. 하지만 우리가 쓰고자 하는 자서전은 진실하게 삶을 서술하는 데 1차 목적이 있다. 따라서 보편적인 '좋은 글'의 측면에서 어떻게 써야 하는지 알아보자.

첫째, 목적에 충실하게 쓴다.

모든 글에는 목적이 있다. 똑같이 오늘 읽은 책에 대한 글을 쓴다고 하더라도 독후감의 목적과 일기의 목적은 다르다. 목적에 꼭 필요한 내용이 빠져 있거나, 목적에 어울리지 않는 내용이 들어있으면 아무리 문장이 멋져도 좋은 글이라고 할 수 없다. 글쓰기뿐만 아니라 어떤 일을 할 때든 목적에 충실한 것은 당연하다.

둘째, 문장은 간결하고 명확하게 쓴다.

가끔 읽어봐도 무슨 소릴 하는지 모르겠는 글이 있다. 문장을 읽었으나 말하려는 바를 알 수가 없는 것이다. 의미를 전달한다는 문장의 기본 역할을 수행하지 못했으니 문장 실격이다.

이런 '실격 문장'은 지나치게 긴 경우가 많다. 문장이 길다는 건 그만큼 한 문장 속에 하고 싶은 말을 많이 꾸겨 넣었다는 것을 의미한다. 한 문장에 여러 이야기를 넣다 보면 내용 사이의 관계가 모호해지고 수식어도 꼬이기 마련이다. 읽는 사람이 내용을 파악하기 어려워진다.

그래서 나는 글쓰기를 연습하는 사람들에게 가능하면 문장을 단문으로 쓰기를 권한다. 단문이란 주어도 하나이고 술어도 하나인 문장을 말한다.

"지난주에 나는 친구를 만났다."

이런 문장은 헷갈릴 이유가 전혀 없다. 단순하고 명확하다.

단문과 달리 한 문장 속에 두 개 이상의 어구가 들어가는 문장을 '복문'이라고 한다. 복문은 주어나 술어가 두 개 이상이므로 호응이 꼬이기가 쉽고 쓰기도 읽기도 복잡하다.

"지난주에 나는 직장을 그만두고 나온 지 3개월 되었다는 친구를 만났다."

이런 문장은 두 개의 단문으로 나눠 쓸 수 있다.

"지난주에 나는 친구를 만났다. 친구는 직장을 그만두고 나온 지 3개월이 되었다고 한다."

이렇게 쓰면 훨씬 이해하기가 쉽다.

무조건 단문으로 쓰라는 것은 아니다. 단문은 담을 수 있는 정보의 양에 한계가 있다 보니 불가피하게 복문을 써야만 내용 전달이 정확하게 되는 경우도 있다. 이럴 때는 주술관계, 어구와 어구의 관계가 분명하고 수식어들의 역할이 분명히 구분되도록 해야 한다.

단문, 복문의 기계적 구분보다 더 중요한 기준은 한 문장에 한 가지 내용만 담는 것이다. 위에 예시로 든 글은 '내가 언제 친구를 만났는가' 하는 내용과 '친구가 직장을 언제 그만두었는가'하는 두 가지 이야기를 한꺼번에 하고 있어 복잡하다. 둘 중 어느 쪽에 핵심이 있는지도 알기 어렵다. 그런 면에서 단문은 시선을 분산할 염려가 적다. 그래서 글쓰기 책이나 강의에서 항상 '간결하게 쓰라'는 점을 강조하는 것이다.

참고로 보통 한 문장의 길이로 30~50자, 200자 원고지 3줄을 넘기지 말라고들 한다. 다만 글자 수에 너무 의미를 부여하지 말고, 한 문장에 한 가지 내용을 다루는 것이 핵심이라고 생각하면 된다.

셋째, 비문을 피한다.

'비문(非文)'이라 함은 '문법에 맞지 않는 문장'을 말한다. 앞에서 강조한 문장의 기본 요소, 즉 주어, 목적어(보어), 서술어가 서로 호응하지 않는 경우이다. 주어와 서술어가 서로 호응하지 않으면 전하고자 하는 메시지가 모호해지거나 왜곡되기 쉽다. 메시지 전달의 목적을 제대로 해내지 못하는 문장은 당연히 좋은 문장이 아니다.

"나는 무궁무진한 가능성이 존재한다."

이런 문장이 있다고 해보자. 이미 읽으면서 뭔가 어색하다는 느낌을 받았을 것이다. 무슨 메시지를 전하고자 하는지도 애매하다. 분석해보자.

이 문장에서 주어와 술어를 찾아보자. 주어 후보는 '나'와 '가능성'이다. 술어는 '존재한다'이다. '가능성'과 '존재한다'가 호응하는 짝일 가능성이 크다. "가능성이 존재한다."는 주어+서술어의 형태로 완전한 기본 문장이다. 그렇다면 이 문장의 문제는 주어 '나는'에 호응하는 말이 없다는 것이다.

이 문장을 잘 고치려면, 전하려는 메시지를 완전하게 해나가면 된다. 일단 무궁무진한 가능성이 누구에게 있느냐 하는 궁금증이 생긴다. 무궁무진한 가능성이 나의 가능성이라면 문장을 이렇게 고칠 수 있다.

"내게는 무궁무진한 가능성이 존재한다."

'나는'을 주어가 아닌 부사어로 바꾸면서 호응이 맞지 않는 짝이 없어졌다. 문법에도 맞고, 뜻도 잘 전달하는 문장이 되었다.

나의 가능성이 아니라 우리나라의 가능성, 인류의 가능성 같은 다른 대상의 가능성을 이야기하던 도중이었다면 어떨까? 그 경우 문장에서 '나'의 역할은 가능성 존재 여부를 판단하는 주체일 것이다. 그에 맞는 서술어를 추가해주면 된다.

"나는 우리나라에 무궁무진한 가능성이 존재한다고 믿는다."

조금 더 다듬어보자. '존재한다'보다 '있다'가 더 어울릴 것 같다.

"나는 우리나라에 무궁무진한 가능성이 있음을 믿는다."

주어와 서술어의 호응이 잘 맞을수록 이해하기도 쉽고 내용도 자세해지는 것을 알 수 있다.

주어와 서술어만이 아니라 목적어와 서술어의 호응관계도 중요하다. 아래 문장을 보자.

"전문가가 되려면 이론과 실천을 해야 한다."

실천은 하는 것이지만, 이론은 아는 것이다. '이론'과 '해야 한다'는 말이 호응이 되지 않고 있다. 해서 이 문장을 이렇게 고쳐 쓸 수 있다.

"전문가가 되려면 이론을 알고, 실천을 해야 한다."

한 문장 안에서 시제나 존칭어가 어긋나는 경우도 있다.

"나는 어제 잠을 자겠다."

"할아버지가 밥을 잡수시래."

이런 문장은 "나는 어제 잠을 잤다." 그리고 "할아버지께서 밥을 먹으래."라고 써야 맞다.

넷째, 능동형으로 쓴다

학창 시절 영어공부를 할 때 우리는 능동태와 수동태에 대해 귀에 딱지가 앉을 정도로 들었다. 영어에서는 문장을 구성할 때 사물이나 관념을 주어로 두는 경우가 많아 수동태 표현이 중요하게 다뤄진다. 반면 우리 말글살이에서는 수동태의 비중이 그리 크지 않다. 대부분 그리 의식하지 않고 말글살이를 하고 있다고 해도 틀리지 않다.

그런데 영어로 된 문학, 학문, 사유방식이 수입되어 널리 퍼져나가면서, 우리 말글살이에도 피동형(수동태) 표현이 무척 흔해졌다. 하지만 피동형을 의식 없이 사용하면 문장이 어색해질 때가 많다.

능동형 문장은 행동의 주체를 주어로 두고, 대상을 목적어로 두고, 행동을 표현하는 말을 서술어로 두는 문장이다. 반대로 피동형 문장은 행동의 목적이 되는 대상을 주어로 변신시키고 서술어를 그에 맞게 변형시킨다.

능동형 문장이 물이 위에서 아래로 흐르듯 자연스러운 순서로 흐른다면 피동형 문장은 한 차례 꼬인 문장이다. 앞서 좋은 문장은 간결하고 명확하고 문장 안 성분의 호응이 잘 맞아야 한다고 했는데, 피동형으로 서술어가 꼬이면 그런 조건을 지니기가 어렵다.

"학생들에 의해 길들여진 책상" 이런 표현을 많이 쓴다. 굳이 이렇게 배배꼬아 표현할 필요가 있을까. 그냥 "학생들이 길들인 책상"이라고 하는 쪽이 더 자연스럽지 않은가. 관찰해 보면 우리말에 들어온 피동형 표현은 별 의미가 없는 경우가 많다. 글쓴이의 표현 습관일 뿐이다.

특히 피해야 할 것은 이중피동이다. 이중피동은 말 그대로 피동태가 두 번 나오는 경우를 말한다.

"휴가를 알차게 보내기 위해서는 계획이 잘 짜여져야 한다."

'짜여져야 한다'를 보면 '짜여'가 피동태 한 번, 이 '짜여'에서 다시 한 번 더 '져야'로 두 번 피동 시켰다. 이걸 자연스럽게 능동태 문장으로 바꾸어보자.

"휴가를 알차게 보내기 위해서는 계획을 잘 짜야 한다."

훨씬 깔끔한 문장이 되었음을 알 수 있다.

다섯째, 중복 표현을 피한다.

밥 먹을 때 매끼 같은 반찬이 나오면 질린다. 글도 마찬가지다. 매번 똑같은 문장이나 단어를 만나면 읽기가 지루하다. 그래서 글쓰기 책이나 강연에는 '중복을 피하라'는 주의사항이 단골로 나온다. 단어만 피한다고 이 문제가 해결되는 것은 아니다. 구절이나 문장 역시 중복이 없어야 좋은 글이다.

여섯째, 적절한 단어를 선택한다.

우리가 글을 쓸 때 가장 고심하는 것 중의 하나가 단어 고르기이다. 상황 설명에 가장 적합한 단어를 찾기란 쉽지 않다. 특히 감정이나 느낌을 전달할 때 단어에 따라 뉘앙스 차이가 상당하므로 여간 고심하지 않을 수 없다.

소설가 이외수가 쓴 《글쓰기의 공중부양》(해냄)을 보면 단어가 얼마나 중요한지 깨달을 수 있다. 이 책은 단어가 글쓰기의 출발이자 마지막이라고 강조하면서 단어 채집 요령을 설명하고 있다. 이 책에서 권하는 방식으로 단어 채집장을 만들어 활용하는 것도 어휘력 향상에 큰 도움이 된다.

흔히 단어장 하면 영어단어장만 생각하기 마련이다. 그러나 우리 말글살이에서도 단어장이 절실하게 필요하다. 좀 무식한 방법이지만 나는 학창 시절 사전을 통째로 외우는 미련을 떤 적이 있다. 이때 영어사전과 국어사전 두 권을 갖고 무식한 도전을 했었는데,

시간이 지나니 모두 기억에서 사라져서 아쉬움이 컸다. 그런데 이 것이 나중에 큰 도움이 되었다. 다시 단어를 발견하고 습득할 때 훨씬 자연스럽고 빨랐다.

일곱째, 외래어는 적정선에서 활용한다.

오늘날의 말글살이에서는 순수한 우리말만으로는 의사소통을 할 수 없을 만큼 다양한 언어들이 뒤섞여 활용되고 있다. 한자어는 당연하고, 영어나 일본어, 프랑스어, 라틴어 등 온갖 곳에서 유래한 다국적 단어들이 활용되고 있다.

이렇게 외래어를 쓰다 보니 제 기능을 충분히 하는 우리말이 버 젓이 있음에도 외래어로 바꿔쓰는 일이 흔해졌다. 하지만 이는 우 리 말글살이를 파괴할 뿐 아니라 정확한 의미 전달을 방해한다. 널 리 사용하는 우리말이 있으면 그걸 우선으로 쓰고, 우리말로 의미 를 제대로 전달하기 어렵다고 판단할 때에만 외래어를 쓰는 것이 좋다.

외래어를 무조건 쓰지 말자는 것은 아니다. 북한 방송국의 축구 중계를 본 사람은 공감할 것이다. 구석차기, 벌차기 등 우리말로 바 꿔쓴 축구 용어가 오히려 낯설고 알아듣기 어렵다. 외래어라도 이 미 우리말처럼 자연스럽게 말글살이에 들어와 있다면 낯선 우리말 보다 친숙한 외래어를 쓰는 것이 더 낫다.

하나 짚어봐야 할 것은 한자어이다. 한자어가 우리 말글살이의 큰 부분임은 따로 설명하지 않아도 될 것이다. 무분별한 한자어 사용은 글을 현학적이고 딱딱하게 만들기 때문에, 좋은 문장을 쓰기 위해서는 한자어 역시 가능한 우리말로 대체하려는 노력이 필요하다. 하지만 이미 생활어로 자리 잡은 말까지 우리말로 바꿔 쓰려고 하면 되레 독자에게 혼란을 줄 수도 있다.

여덟째, 맞춤법을 지킨다.

글을 쓸 때 맞춤법이나 띄어쓰기, 문장부호를 제대로 쓰는 것은 기본 중의 기본이다. 맞춤법은 불필요한 형식이 아니라, 내용 전달을 더 정확하게 하기 위한 실용적인 규칙이다. 문장부호나 띄어쓰기에 따라 전달되는 의미가 크게 달라질 수 있다. 고전적인 예, "아버지 가방에 들어가신다."는 누구나 알고 있을 것이다.

맞춤법과 띄어쓰기, 문장부호는 습관처럼 지킬 수 있도록 평소에 항상 신경 써야 한다. 글 쓰는 사람들은 거리를 걷다가 맞춤법이 틀리거나 띄어쓰기가 잘못된 문장을 발견하면 꼭 교정하는 본능을 드러내곤 하는데, 이것도 좋은 글쓰기 연습이다.

여러 가지를 이야기했지만, 문장 하나하나를 쓸 때마다 이 모든 조건을 다 의식하면서 글을 쓸 수는 없다. 나 역시 마찬가지다. 오히려 처음 글을 쓸 때는 너무 잘 쓰려고 하지 말고 마음 가는 대로 써내려가는 것이 좋다. 다만 퇴고를 할 때는 언급한 원칙들을 염두에 두는 것이 좋다. 원칙을 가지고 퇴고를 하면 글이 훨씬 좋아진다.

시시때때로 자기 글을 돌아보면서 쓰고 또 쓰고를 반복하다 보면 이런 요소들은 자신도 모르게 저절로 몸이 터득한다. 머리가 아닌 몸이 먼저 좋은 글을 쓴다. 그러니 걱정은 붙들어 매고 쓰기 시작하면 된다.

Class 03
연보 작성하기

언제 어떤 일이 있었을까

이제까지 자서전의 개념과 글쓰기의 기본에 대해 토대를 다졌으니, 지금부터는 자서전 쓰기를 위한 본격적인 준비 단계로 들어갈 차례다.

하지만 무작정 하얀 종이(혹은 컴퓨터 화면) 앞에 앉았다가는 곧바로 벽에 부딪힐 것이다. 어디서부터 무엇을 어떻게 시작해야 할지 막막하기 때문이리라.

무엇을 쓸 것인지, 어떻게 쓸 것인지가 가장 궁극적이고도 중요한 문제이다. 글쓰기의 재료는 충분하다. 자서전이니까 글쓰기 재료는 '나의 삶'이다. 내 삶을 말하면 책으로 몇 권이라고 큰소리쳤던 것을 상기하면 되레 재료가 너무 넘치지 않을까 걱정이다. 하지만 수많은 사건 중에서 무엇을 골라 쓸 것인지, 생각나는 대로 썼다가 빼먹거나 왜곡하는 것은 없을지, 막연하게 쓰다 보니 끝이 나기는 할지 알 수가 없다.

그래서 자서전을 쓰기 위해서는 탄탄한 밑 준비가 필요하다. '무엇을' '어떻게' 쓸 것인지 정하기 위한 준비라고 할 수 있다.

그렇다면 가장 먼저 시작해야 할 것은? 바로 연보 작성이다. 연보 작성은 자서전 쓰기에 있어서 그 실질적인 출발점이라고 할 수 있다.

'연보(年譜)'를 국어사전에서 찾아보면, "사람이 한평생 살아온 내력이나 어떤 사실을 연대순으로 간략하게 적은 기록."이라고 설명하고 있다. 다시 말해 사람이 사는 동안 겪은 일 또는 일어난 사건들을 시간순으로 정리한 것이 연보이다.

자서전이나 전기, 평전, 회고록 같은 전기물 맨 뒤를 보면 보통 '○○○ 연보'라는 제목으로 주인공의 행적을 연도와 함께 정리하여 실어놓은 것을 볼 수 있다. 연보만 읽어도 그 인물이 어떤 삶을 살았는지를 개략적으로 알 수 있다. 간략하기 때문에 인물의 삶을 한눈에 파악할 수 있고, 객관적인 사실만으로 이루어져 있다는 점에서 그 기능과 역할이 매우 크다.

다만 지금 우리가 작성하려고 하는 연보는 책 뒤에 싣기 위한 것이 아니다. 물론 우리가 쓴 자서전을 나중에 책으로 엮는다면 그때는 다시 정리하여 맨 뒤에 실을 수도 있겠지만, 지금의 가장 우선적인 목적은 자서전을 쓰기 위한 준비 작업이다.

연보 작성에는 특별한 기술이나 글쓰기 능력이 요구되지 않는다. 메모 형식으로 쓰면 된다. 출생에서부터 하나하나 자신의 삶에서 일어난 일들을 떠올리면서 메모하는 것이다. 연보를 효율적으로 작성하기 위한 몇 가지 팁을 정리해본다.

첫째, 큰 사건부터 메모하라

집을 지을 때 실내 장식을 어떻게 할 것인지부터 고민하는 사람은 없다. 기둥을 세우고 지붕을 올리는 등 집을 형성하는 큰 골격(구조)부터 만든다. 연보 작성도 마찬가지다. 처음부터 너무 세세하게 작성하려다 보면 기억의 한계만 실감한다. 그래서 집을 지을 때 기둥을 세우듯 큰일부터 메모한다. 가령, 출생, 유치원, 학교 입학, 졸업, 대학 입학, 입대, 전역, 대학 졸업, 입사, 결혼 등 삶에서 시대 구분이 되는 것부터 일단 기록한다.

> 1959년 1월 1일　　출생
> 1965년 3월 2일　　성실국민학교 입학
> 1971년 3월 2일　　성실중학교 입학
> 1974년 3월 2일　　행복고등학교 입학

이런 식으로 메모하고 나서 다시 중간 단계의 사건을 하나하나 기억을 더듬어나가면서 끼워 넣는다. 가령, 출생과 국민학교 입학 사이의 빈칸을 다음과 같이 메워보는 식이다.

1959년 1월 1일　출생

1960년 1월 1일　첫돌

1960년 4월　첫걸음마

1962년　홍역을 심하게 앓음(봄으로 추정)

1965년 3월 2일　성실국민학교 입학

그 다음 역시 앞의 방법처럼 다시 세분된 사건과 사건 사이의 빈칸을 채운다. 분명한 사실부터 기록하고, 큰일 사이사이에 좀 더 세분화한 사건들을, 다시 세분화한 사건 사이사이에 더 세분화한 사건을 삽입하는 방식으로 메모하는 것이 효율적이다.

큰 사건 대신 연도별로 정리하는 것도 하나의 방법이 될 수 있다. 삶을 정리하다 보면 매년 무슨 일이든 기록할 거리가 있게 마련이다.

둘째, 최대한 자세하게 기록하라

연보는 얼마나 자세하게 기록하는 것이 좋을까. 출간된 자서전을 통해 만나는 연보들은 대부분 서술이 간략하다. 본문에 그 내용이 잘 기술되어 있어서 굳이 상세하게 다룰 필요가 없기 때문이리라. 또한 주인공의 삶의 얼개를 한눈에 보여주려는 목적이 크기 때문일 것이다.

하지만 우리가 작성하려는 연보는 자서전을 쓰기 위한 기초자료 성격이다. 따라서 가능한 한 자세하게, 기억하는 모든 것을 상세하게 기술하는 것이 좋다. 나중에 실제 글을 쓸 때 활용해야 하고, 또 글의 방향을 가늠 잡는 나침반 역할을 하기 때문이다. 사건 하나를 기록하는 데 메모가 몇 장이 되든 좋다. 첫돌에 대한 메모가 어떻게 진화하는지 보자.

처음에는 "1960년 1월 1일 첫돌"이라고만 메모해 두었는데 할머니로부터 "집에서 동네 사람들을 초대해 돌잔치를 했는데, 돌잡이는 연필이었다."라는 증언을 듣고 이를 보충해둔다. 그런데 나중에 "내가 태어나던 무렵엔 식민 잔재와 군사정권의 강압으로 양력설을 쇠었기 때문에 동네 사람들이 많이 오지 않았다"는 얘기를 아버지에게 들었다면 이 또한 기존 메모 뒤에 덧붙여 보충하면 더 자세해진다.

1960년 1월 1일　첫돌. 집에서 동네사람들을 초대해 돌잔치를 했는데, 돌잡이는 연필이었다고 함(할머니에게서 들음). 내가 태어나던 무렵엔 식민 잔재와 군사정권의 강압으로 양력설을 쇠었기 때문에 동네사람들이 많이 오지 않았다 함(아버지에게서 들음).

셋째, 순서에 상관 없이 메모부터 하라

하던 짓도 멍석 깔아놓으면 안 한다는 말이 있는데, 연보 작성도 크게 다르지 않다. 이것저것 옛날 기억을 많이 떠올려놓고, 막상 시간 순서대로 쓰려니 몇 줄 못 쓰고 기억이 다 도망간다. 이런 낭패감은 누구나 경험해봤을 것이다. 따라서 일단은 시간 '순서'라는 말에 너무 집착하지 말고 떠오르는 기억들을 아무렇게라도 메모부터 하는 것이 좋다. 시간 순서에 맞추는 작업은 나중에 해도 된다.

기억이란 작정하고 기억해내려고 할 때는 떠오르지 않다가도 일상 속에서 긴장을 풀고 있을 때 불쑥 찾아오기 마련이다. 모임 자리에서, 이동하는 중에, 자기 직전에 등등 시도 때도 없다. 이에 대한 대비 차원에서 수첩과 필기구 휴대는 필수이다.

또 우리의 기억력이라는 게 지금 생각이 났다가도 나중에 가면 까맣게 잊어버리는 경우가 허다하다. 따라서 생각날 때마다 메모하는 습관을 들이는 것이 좋다.

넷째, 부가 정보를 함께 메모하라

나의 기억만으로 연보 전부를 다 작성할 수는 없다. 가족이나 지인들의 기억에도 의존하기 마련인데, 다른 사람의 증언에 바탕한 메모라면 반드시 끝에 괄호를 치고 출처를 표기해두는 것이 좋다. 나중에 사실 여부를 확인하거나 실제 집필에 활용할 때 출처가 중요한 역할을 하기 때문이다.

또 연보를 작성하다 보면 사실 여부가 확실하지 않은 부분이나 나중에 더 보충할 필요가 있는 부분이 생긴다. 이럴 때에도 반드시 주의사항을 괄호 안에 적어두는 것이 좋다. 계속해서 많은 내용을 적다 보면 어느 게 어느 것인지 금방 갈피를 잡지 못하게 될뿐더러 시간이 조금만 지나면 정확하지 않은 정보가 존재한다는 사실조차 기억하기 어렵기 때문이다. 기억력에도 한계가 있으므로 괄호를 적극적으로 활용하는 것이 최선이다.

다섯째, 사실 여부는 나중에 확인하라

기억 속 사건이 몇 년도 일인지 가물거리거나, 그 일을 내가 정말 겪었는지 아니면 어디서 들은 것인지 사실 여부가 의심스러울 때가 있다. 이럴 때 당장 사실 여부를 확인하려 들지 말길 바란다. 일일이 내용을 검증하는 데 집착하다 보면 진도가 나가지 않고 겉가지에서 맴돌게 된다. 일단 떠오른 기억을 메모부터 해놓고 다음 내용으로 넘어가는 것이 효율적이다. 다만 이때 '연도 불확실' '사실 여부 확인할 것' 같은 의견을 괄호로 표기해 두는 것이 좋다. 연보 작성이 모두 끝난 뒤에 이 메모를 보고 사실 여부를 확인하거나, 연보에서 삭제하는 등 결론을 지을 수 있다.

이제까지 내 삶을 연대기 순으로 복기해본 적이 없었기 때문에 처음에는 무얼 어떻게 해야 할지 막막할 것이다. 기억력에 대한 확신도 없고, 내 삶을 오롯이 다 기억해 낼 수 있을까 걱정되기도 할 것이다. 하지만 이것은 시험이 아니다. 생각나는 부분부터 차곡차곡 적어나가면 된다. 쓰다 보면 내 인생에 이렇게 많은 일이 있었나 하며 신기함과 재미를 느낄 수 있고, 지워졌다고 생각했던 기억들도 새록새록 떠오른다. 한번 물꼬가 트이면 인간 기억력의 위대함을 발견하고 내 기억력에 대한 자신감을 회복하는 놀라운 경험을 할 것이다.

연보 작성의 실제

그럼 본격적으로 연보 작성을 시작해보자.

무엇부터 쓸 것인지는 고민할 필요가 없다. 지금 우리는 '나'의 연보를 쓰고 있다. 그러므로 연보의 출발선은 당연히 주인공인 '나'의 출생부터 시작한다.

먼저 자신의 생년월일을 적는다. 그리고 그 날짜 뒤에 자신이 태어난 곳의 주소, 아버지 어머니의 이름, 형제자매 관계 등 기본적인 신상을 적는다.

1959년 1월 1일 강원도 행복군 성실면 전기리 11번지에서 아버지 김정민과 어머니 이영숙 사이에서 3남 1녀 중 둘째로 출생.

이 '출생' 시점은 매우 중요하다. 앞으로 써나갈 자서전에 담을 모든 내용의 기준점이 되기 때문이다. 가령 '열 살 때'라고 하면 당연히 나의 출생일로부터 기산한 나이이다. 그래서 연보 작성은 출생에 관한 내용을 최대한 정확하게 쓰는 것부터가 시작이다.

출생을 적고 나면 누구나 일단 손을 멈춘다. 당연한 이야기지만, 기억하는 일이 없기 때문이다. 태어나서 너덧 살까지 있었던 일을 또렷이 기억하는 사람은 거의 없을 것이다. 독일 작가 헤르만 헤세는 〈내 생애 가장 이른 날…〉이란 에세이에서 자신의 어린 시절 기억의 시작이 다섯 살부터라고 고백하고 있다.

"체험과 지속적인 상태에 대한 좀 더 상세한 기억은 다섯 살 이전으로 내려가지 않는다. 내가 성장한 주변 환경과 도시, 풍경을 비롯해 부모님과 우리 집에 대한 영상이 머릿속에 처음 남은 것도 그 때이다."●

사람마다 개인차는 있겠지만, 기억이 있다고 해봤자 한두 가지, 그나마도 정확하지 않을 것이다. 이럴 경우, 기억나지 않는 어릴 적 일을 굳이 적으려고 너무 애쓰지 말라. 시간을 훌쩍 뛰어넘더라도 생생하게 기억나는 일부터 작성하라. 기억나는 것부터 하나하나 작성하다 보면 잊혔던 기억들이 자연스럽게 하나둘 떠오르며 빈틈을 메워줄 것이다.

어릴 때만이 아니라, 청소년기나 성인기의 기억을 적을 때도 마

● 헤르만 헤세, 《헤세가 들려주는 나비 이야기》, 박종대 옮김, 문예출판사, 2016.

찬가지다. 기억은 순서대로 떠오르지 않는다. 일단은 기억나는 것, 굵직굵직한 사건부터 적어 놓고 채워 가면 된다.

대부분 사이사이에 새 사건을 삽입하기 쉬운 컴퓨터로 작업하겠지만, 부득이 손으로 작업할 때에는 사건과 사건 사이의 칸을 넉넉하게 벌려놓는 것이 유리하다. 나름 충분히 간격을 벌려놓아도 세세한 사건들이 넘치면 더 쓰기가 곤란한 지경에 빠질 수 있다. 이럴 때는 끼어들어갈 자리에 번호를 붙이면서 포스트잇에 메모하는 것도 방법이다. 나중에 다시 정리할 때 제자리에 넣으면 된다.

아예 독서카드를 활용하는 것도 괜찮은 방법이다. 대학교수들이 논문 쓸 때 많이 쓰던 방식인데, 카드 한 장에 큰 사건 하나씩 기재하고 그 밑에 월일별로 세분된 사건들을 메모한다. 독서카드를 따로 마련하거나 관리하기가 불편할 것 같으면 연보용 노트를 한 권 준비해 아예 큰 사건 하나에 한 장씩 할애하는 방식으로 메모하는 것도 좋다.

중요한 것은 내 기억에만 의존할 필요가 없다는 것이다. 부모나 형제자매 등 가족의 기억을 비롯하여 옛날 앨범, SNS기록, 지인의 말 등을 최대한 활용하는 것이 좋다. 이때 다른 사람들로부터 전해 들은 정보는 정보의 출처를 반드시 괄호 처리해 놓는다.

1960년 1월 1일 첫돌. 집에서 동네 사람들을 초대해 돌잔치를 했는데, 돌잡이는 연필이었다고 함.(할머니에게서 들음)

1962년 3월   홍역을 심하게 앓았다고 함. 혹시 잘못될지도 모를 정도로 심하게 앓아 집안의 걱정이 컸다고 함.(연월일 확인할 것)

이런 방식으로 메모해 나가면 된다. 연월일은 최대한 정확하게 적는다. 만약 연도와 날짜가 가물가물하다면, 일단 지금 기억하는 대로 메모해 두고 "연월일 확인할 것"과 같은 점검 사항을 괄호처리 해놓고 나중에 따로 보충취재를 하면 된다.

그럼 연보는 언제까지 작성해야 할까. 그렇다. 지금의 나까지 작성하면 된다.

2017년 8월 1일   광화문 교보문고에서 《나의 인생 이야기 자서전 쓰기》를 구입함.

나에 대한 연보 작성이 어느 정도 마무리되면 다음은 가족들의 연보를 작성해서 내 연보 사이사이에 끼워 넣는다. '나'는 홀로가 아니라 가족이나 집안의 울타리 안에서 살아왔다. 그런 점에서 나를 온전하게 설명하려면 가족의 이야기가 함께 서술되어야 한다.

여기서 집안이란 친가의 할아버지, 할머니부터 시작해 아버지와 어머니, 외가(외할아버지, 외할머니), 결혼을 했다면 부인과 처가(장인, 장모)까지 포함한다. 이런 가족이나 집안의 연보는, 실제 자서전 집필에서 활용하지 않는다 하더라도 '내가 누구인지'를 이해하는

데 매우 중요한 역할을 하므로 연보를 작성할 때 반드시 챙겨봐야 한다.

가령, 내가 고등학생 때 형이 서울의 대학에 진학하여 가족과 떨어져 살게 되었다고 해보자. 이는 내 삶에서 중요한 사건이다. 당연히 연보에 들어가야 하는 내용이다.

1974년 1월 15일 형이 서울 ○○ 대학 합격.

1974년 2월 18일 성실중학교 졸업.

1974년 2월 25일 형이 진학을 위해 서울로 상경. 형이 쓰던 방을 내가 쓰게 됨.

1974년 3월 2일 행복고등학교 입학.

1974년 4월 첫 시험에서 중간 석차 성적밖에 나오지 않아서 충격을 받음.

또한, 내가 살아오는 동안 국가적으로나 사회적으로, 세계적으로 중요한 사건들이 많이 일어났을 것이다. 이 또한 내 삶에 영향을 끼쳤거나 내게 깊은 인상을 남긴 사건들 중심으로 연표로 작성해 본다. 역사적 사건을 연대기 순으로 작성한 것이 연표이다. 연보와 연표는 다 비슷한 말이지만, 연보(年譜)는 사람의 경우, 연표(年表)는 역사적 사건의 경우에 쓰는 용어이다.

자서전을 쓰기 위해 연보를 작성하는 것은 충분히 이해가 가는

데, 연표까지 기록하라는 것은 이해가 안 될 수도 있다. 하지만 역사적 사건들은 '나'가 삶을 영위하는 동안 직, 간접적으로 많은 영향을 미쳤다. 자서전은 개인의 삶을 씨줄로, 나 밖의 가문이나 사회, 국가, 세계의 이야기를 날줄로 삼아 직조되는 것이다. 그런 점에서 역사 연표를 함께 작성해두면 집필에 큰 도움이 된다.

가령, 1997년 IMF 외환 위기가 왔을 때를 생각해보자. 당시 기업들이 저마다 구조조정을 시행하고 수많은 회사가 무너지면서 실업자, 명퇴자가 무수하게 생겨났다. 복사기 회사에서 대리점을 철수시키면서 대리점 점장이었던 내가 실업자가 되었다고 해보자. 활로를 고민하던 나는 친구의 의자 대리점을 도와주다 친구의 제안으로 의자 대리점을 시작하기로 한다. 외환 위기라는 국가적 사건이 내 삶의 예정을 크게 변동시킨 것이다. 이렇듯 역사적 사건이 내 삶에 미치는 영향은 엄청나다. 자서전에 연표를 함께 작성하는 것은 당연하다.

연표는 일단 연보와 분리해 따로 작성하고, 나중에 노트를 세로로 절반 나누어 왼쪽에는 나의 연보를, 오른쪽에는 역사 연표를 작성하여서 한 눈에 나의 사건과 역사적 사건을 볼 수 있게 하는 것도 좋다. 그러면 나의 사건과 역사적 사건이 서로 어떤 연관성이 있고 또 어떤 영향을 미쳤는지를 선명하게 알 수 있다.

연보 · 연표 통합 예시

년도	김영수 연보	역사 연표
1959	1월 1일 강원도 행복군 성실면 전기리 11번지에서 아버지 김정민과 어머니 이영숙 사이에서 출생. 3남 1녀 중 둘째.	9월 15일 태풍 사라 발생
1960	1월 1일 첫돌. 집에서 동네 사람들을 초대해 돌잔치를 했는데, 돌잡이는 연필이었다고 함.(할머니에게서 들음) 4월 첫걸음마를 시작함.	3월 15일 3.15 부정선거 4월 19일 4.19 혁명
1961		5월 16일 5.16 군사 쿠데타
1962	3월 홍역을 심하게 앓았다고 함. 혹시 잘못될지도 모를 정도로 심하게 앓아 집안의 걱정이 컸다고 함.	10월 22일 쿠바 미사일 위기
1963		10월 15일 박정희 대통령 당선 11월 22일 미국 케네디 대통령 암살 사건
1965	3월 2일 성실국민학교 조기입학.	
1967		1월 1일 대구 서문시장 큰불
1968		1월 21일 1.21 사태(김신조 등 무장공비 청와대 습격) 5월 68혁명 12월 5일 국민교육헌장 발표
1970		7월 7일 경부고속도로 개통

．
．
．   ．
．
．

IMF처럼 직접적으로 영향을 미치지 않는 경우라도, 역사적 사건이 내 삶에 들어와 있는 경우가 많다. 1968년 무장공비 사건, 이승복 어린이 사건으로 반공 열풍이 불면서 '나'의 어린 시절 초등학교(당시 국민학교) 교육 내용도 영향을 받았을 수 있다. 대학생 때 일어난 민주화운동 역시 '나'의 생각이나 사회 분위기에 영향을 미쳤을 것이다. 이렇게 내가 살아온 시대의 역사 연표 작성은 내 삶을 재구성하는 데 매우 중요한 요소가 될 수 있다.

아래에 가상의 인물 김영수 씨의 연보를 수록했다. 지면 관계상 축약하고 생략한 예시임을 염두에 두고 참고로만 삼으면 되겠다. 실제 내 연보를 쓴다면 훨씬 길고 세세한 연표가 될 것이다.

나의 연보 예시 : 김영수 연보

1959년	1월 1일	강원도 행복군 성실면 전기리 11번지에서 아버지 김정민과 어머니 이영숙 사이에서 출생. 3남 1녀 중 둘째.
1960년	1월 1일	첫돌. 집에서 동네 사람들을 초대해 돌잔치를 했는데, 돌잡이는 연필이었다고 함. (할머니에게서 들음)
	4월	첫걸음마를 시작함.
1962년	3월	홍역을 심하게 앓았다고 함. 혹시 잘못될지도 모를 정도로 심하게 앓아 집안의 걱정이 컸다고 함.
1965년	3월 2일	성실국민학교 조기입학.
1969년	6월 5일	동네 친구들과 뒷산에서 탐험을 하다가 밤늦게 들어와 혼쭐남.
1971년	2월 19일	성실초등학교 졸업.
	3월 2일	성실중학교 입학.

1974년	1월 15일	형이 서울 ○○대학 합격.
	2월 18일	성실중학교 졸업.
	2월 25일	형이 진학을 위해 서울로 상경. 형이 쓰던 방을 내가 쓰게 됨.
	3월 2일	행복고등학교 입학.
	4월	첫 시험에서 중간 석차 성적밖에 나오지 않아서 충격을 받음.
	5월	공부방법을 새로 점검하고 야간자율학습에 매진.
	12월	2학기 기말고사에서 전교 석차 5위까지 성적 상승. 선생님으로부터 "야간학습의 전설"이라는 칭찬을 들음.
1977년	1월 22일	전기대 입시 낙방. (후기대 시험 안 봄)
	2월 16일	행복고등학교 졸업.
	9월	맹장염 수술.
	3월 2일	○○대 상경계열 입학.
1979년	3월 2일	2학년 진급하면서 경제학과 배정.
1980년	9월 16일	육군 입대.
1983년	1월 27일	육군 병장 만기 전역.
	4월 23일	선배의 소개로 박영희 씨를 만남. 교제를 시작함.
1985년	2월	○○대 경제학과 졸업.
	4월	복사기 회사 ○○에 사무직으로 입사.
	7월	15일 사내 복사기 판매 행사에서 실적 1위 달성.
	8월	판매 행사 1위 부상으로 동남아 여행. 이후 영업부 전출.
1988년	3월	대리 승진.
	6월	영업부 전국 실적 1위 달성.
	11월 27일	박영희와 결혼.
1990년	1월	첫차 엑셀 구입.
1993년	3월	과장 승진.
1995년	5월	입사 10년 만에 ○○대리점 점장 부임
1996년	4월 13일	결혼 8년 만에 장녀 김행복 출생.
1997년	5월 23일	차녀 김희망 출생.
1998년	2월	IIMF 사태로 본사에서 ○○대리점 철수 결정, 실직.
1999년	2월	친구 이민호의 ○○의자 총판 매장 관리자 일을 제안받음.
	5월	○○의자 희망점 관리자로 첫 출근.

2005년	9월 6일	친구 이민호에게서 ○○ 의자 대리점 인수.
2012년	8월 1일	장인어른 쓰러지심. 중환자실 입원.
2012년	8월 8일	두 딸 캐나다로 유학. 장인어른 타계.
	11월 16일	동업자 김철수의 부정, 횡령 발각.
2014년	9월	회사에서 대리점 매각과 직원 전환 등 수습책 제시. 동의함.
2016년	4월 7일	아내 귀국.
	10월 21일	의자 대리점 영업 종료.(의자 대리점주로 11년 일함)
	12월	아내가 공인중개사 사무실로 출근 시작.
2017년	1월	친구 회사의 영업을 돕기로 함. 평일엔 영업자, 주말엔 회사 경비 아르바이트로 출근 시작.
	3월	아내와 미래 계획. 공인중개사 사무실 준비하기로 함.
	6월	방학으로 귀국한 딸들과의 식사 자리에서 딸들의 응원에 힘입어 자서전을 쓰기로 결심함.
	8월 1일	광화문 교보문고에서 《나의 인생 이야기 자서전 쓰기》 구입.

역사 연표

1959년	9월 15일	태풍 사라 발생.
1960년	3월 15일	3.15 부정선거.
	4월 19일	4.19 혁명.
1961년	5월 16일	5.16 군사 쿠데타.
1962년	10월 22일	쿠바 미사일 위기.
1963년	10월 15일	박정희 대통령 당선.
	11월 22일	미국 케네디 대통령 암살 사건.
1967년	1월 1일	대구 서문시장 큰불.
1968년	1월 21일	1.21 사태.(김신조 등 무장공비 청와대 습격)
	5월	68혁명.
	12월 5일	국민교육헌장 발표.

Class 04

나를 설명하는 키워드 뽑기

나를 설명하는 키워드를 찾아라

연보 작성을 통해 내가 살아온 궤적을 연대기 순으로 더듬어보고 나면 소감이 남다를 것이다. 난생처음 내 삶을 오롯이 되돌아보는 것은 그 자체로 감회 깊은 일이다. 더불어 그동안 "나는 이런 삶을 살았다."고 막연하게 생각해온 이미지와 실제 내 삶의 내용이 꽤 차이가 있다는 것도 알게 되었을 것이다. "그 시절엔 잘 나갔다." "그 일은 후회된다." 하는 식으로 결과만 기억하고 있던 일들을 구체적으로 적어보면 모두 치열한 드라마가 있고, 복잡한 과정을 거친 끝에 이루어진 일임을 깨닫게 된다. 내 삶의 선택에 큰 영향을 주었음에도 잊고 지나갔던 일들도 많다. 필자 역시 이번 기회에 내 삶의 연보를 작성해보면서 자신이 낯설게까지 느껴지는 경험을 했다.

작성한 연보를 쭉 읽어보노라면 우리가 자서전을 쓰기로 결심하면서 처음 물었던 중요한 질문 "나는 누구인가?"가 다시 떠오른다. 연보를 작성할 때는 특별한 의도 없이 그냥 시간 순서대로 내가 걸어온 길을 더듬었지만, 그렇게 함으로써 지금의 나를 이룬 온갖 자취와 흔적들이 새롭게 드러난다.

하지만 아직 내가 누구인지에 대한 결론을 내리기에는 이르다. 그 중간 과정으로 나를 설명하는 '키워드'를 뽑아보자. 키워드(Key-word)란 핵심어라는 뜻이다. '나' 하면 떠오르는 단어들, 나의 정체성을 상징적으로 보여주는 단어들을 여기서는 키워드라고 하자.

자서전은 '지금의 나가 누구인지'를 서술한 글이다. '지금의 나'가 형성되기까지 갖가지 요소들이 작용했을 것이다. 가족관계를 비롯하여 인간관계, 환경, 직업 등. 이런 것들이 자서전의 재료라고 보면 된다. 키워드 뽑기는 이 재료를 준비하는 작업이다.

나를 좀 아는 사람이라면, 제삼자에게 나를 소개할 때 그 나름대로 몇 가지 단어를 동원해서 소개한다. 어린 시절부터 지금까지의 나의 삶을 지켜본 친구가 나를 다른 친구한테 이렇게 소개한다고 하자.

"이 친구는 어렸을 때부터 형 동생 안 가리고 온 동네 친구와 다 어울려 놀더니 지금도 동창 중에 제일 마당발이야."

특징적인 단어가 등장한다. 마당발. 이번에는 직장 동료가 나를 소개한다면?

"같은 회사에 근무하는 선배인데, 영업에 탁월한 능력을 가진 분이야."

이 소개에서는 회사원, 영업맨이라는 단어가 도드라진다. 이런 것들이 '지금의 나'를 설명하는 키워드들이다.

내가 직접 나를 설명하는 키워드를 뽑기 위해서는 어떻게 해야 할까? 다행히 우리는 연보를 쓰면서 지금의 내가 어떤 과정을 거쳐 어떻게 살아왔는지에 대해 개략적으로 더듬어보았다. 그러니 나 자신이 어떤 사람인지에 대한 인식이 조금 더 구체화하였을 것이다. 연보는 시간순으로 기억을 늘어놓은 기초적인 원재료이다. 이 원재료를 바탕으로 나를 설명할 수 있는 단어들을 뽑는 것이 효율적이다.

일단 연보를 보면서 나를 설명할 수 있는 단어들을 찾아서 종이에 적어보자. 연보 내용에 관련해서 연상되는 단어들도 함께 적자. 아주 특별한 단어나 의미심장한 키워드가 아니어도 좋다. 그냥 나와 관련된 단어를 눈에 띄는 대로 써라. 시골 출신, ○○대생, 경제학과, 하숙, 영업사원, 아버지, 친구, 의자 대리점 점주, 애주가, 등산애호가……. 다양한 단어들이 떠오를 것이다. 억지로라도 하나 둘 메모하다 보면 어느 순간 봇물 터지듯 단어들이 쏟아진다. A4용지 한두 장으로 감당이 안 될 만큼 나를 설명하는 단어들이 엄청나게 많다는 것을 발견할 수 있다. 지금까지 자신이 알지도 느끼지도 못했던 생각의 장이 내 속에 하나 들어앉아 있다는 생각마저 들 것이다.

　메모할 때 내용에 대한 가치판단은 굳이 하지 않는 것이 좋다. 예를 들어 학창 시절 연보에 다음과 같은 내용이 있다고 하자.

1974년 3월 2일　행복고등학교 입학.

1974년 4월　　　첫 시험에서 중간 석차 성적밖에 나오지 않아서 충격을 받음.

1974년 5월　　　 공부 방법을 점검하고 야간자율학습에 매진.

1974년 12월　　 2학기 기말고사에서 전교 석차 5위까지 성적 상승. 선생님으로부터 "야간학습의 전설"이라는 칭찬을 들음.

　노력해서 성적을 훌쩍 끌어올린 경험을 보면 '노력가' '성적 우수'라는 단어가 떠오른다. 이럴 때 자기가 자기 입으로 노력가라고 하기 쑥스럽다든가, '명문대 출신도 아닌데 무슨 성적 우수야?'라는 생각이 들어 쓰기를 꺼릴 수도 있다. 이럴 때 망설이지 말고 적어 넣으라는 것이다. 지금은 무조건 최대한 많이 쓰겠다는 생각으로, 내 기억력, 사고력의 한계가 어디인지 한 번 알아본다는 심산으로 메모하자. 수십 개든 수백 개든, 메모한 단어가 많으면 많을수록 좋다.

메모가 끝나면 정리 작업을 한다. 메모한 단어들을 들여다보면, 비슷비슷한 말을 단어만 바꾸어서 써 놓은 것도 있고, 서로 연관되어서 떼려야 뗄 수 없는 단어도 있을 것이다.

일단 몇 개의 큰 카테고리로 나누고 각 카테고리별로 관련 단어들을 분류한다. 카테고리를 정하는 방식에는 크게 시간별과 주제별, 두 가지가 있다. 시간별은 어린 시절, 학창시절, 직장 시절 등 시대를 구분하여 키워드를 정리하는 것이다. 주제별은 성격, 외모, 학교, 직장, 관심사 등으로 분류한다.

내용을 순서대로 정리하기에는 시대별 구분법이 좋고, 나를 속성별로 파악하기에는 주제별 구분법이 좋다. 가능하면 두 가지 분류 모두 해보기를 권한다. 나를 입체적으로 이해하는 데 큰 도움이 되기 때문이다.

이렇게 단어들은 시간별이든 주제별이든 정리해놓고 보면 서로 비슷비슷하거나 관련성이 높은 단어들이 모여 있다는 느낌을 받을 것이다. 이번에는 그런 단어들을 통폐합하자. 관련성이 높은 단어들은 이를 대표해줄 수 있는 공통분모를 찾아본다.

가령 대학에서 경제학을 공부하고 복사기를 만들어 파는 회사에 사무직으로 입사했다가 영업부로 전직하였다고 하자. 이 이력을 바탕으로 경제학과, 사무직 입사, ○○ 회사, 복사기, 영업, 이런 단어들을 적었다. 고민 끝에 이 단어들의 공통분모를 '영업맨'이라는 키워드로 묶기로 했다. 이런 단어들이 내가 영업맨이 된 배경이기 때문이다. 다만 '사무직 입사'나 '경제학과' 같은 단어들은 얼핏 보면 왜 영업맨으로 묶었는지 알 수 없고, 영업맨이라는 단어만으로는 대표할 수 없는 맥락을 가지고 있다. 따라서 통폐합한 키워드 뒤에 괄호를 만들고 그 안에 통폐합 대상의 단어들을 함께 넣어놓으면 많은 도움이 된다. "영업맨(경제학과, 사무직 입사, ○○회사, 복사기, 영업)" 이런 식이다.

또 하나. 통폐합할 때 직접적인 공통분모가 가장 중요한 조건이 되겠지만, 연관성도 그에 못지않게 중요하다. 앞의 설명에서는 영업맨이라는 키워드와 직접적으로 관련된 단어들을 묶었다. 그런데 사무직에서 영업직으로 전직한 계기는 회사에서 벌인 비영업직 복사기 판매 대회에서 1등을 했기 때문이다. 대회 상품인 해외여행 상품권이 가지고 싶어 판매에 열을 올렸는데 결과적으로 인생 진로가 바뀐 것이다.

이 시기의 관련 단어 메모를 보면 '해외여행'이라는 단어가 있을 것이다. 그냥 '해외여행'만 보면 왜 있는지 생뚱맞지만, '해외여행'을 '영업맨' 키워드에 포함하면 결과인 '영업맨'에다 원인인 '해외여행'이 더해져 훨씬 풍부한 이야기를 지닌 키워드가 된다.

이런 식으로 계속 작업해서 키워드를 20~30개 수준으로 압축해놓자. 이 키워드들은 하나하나 풍부한 이야기를 품은 소중한 글 씨앗이 된다.

마인드맵 그리기

마인드맵을 통하면 훨씬 더 체계적으로 '나를 설명하는 키워드 뽑기' 작업을 할 수 있다. 마인드맵(Mind map)은 영국의 교육학자 토니 부잔(Tony Buzan)이 학습과 발상 방법으로 개발한 '생각의 지도'이다. 이 마인드맵은 직관적으로 한눈에 볼 수 있는 장점을 갖고 있어 원고 쓰기에 활용하면 매우 유용한 도구가 된다.

특정 주제에 관해 원고를 쓰다 보면 준비 단계에서 모은 원재료들이 뒤죽박죽 엉켜있을 때가 많다. 마인드맵은 이를 체계적으로 분류하는 데 안성맞춤인 도구다.

마인드맵의 장점은 정보의 분류 기능이다. 큰 주제가 정해지면 그 주제를 구성하는 요소들이 있을 테고, 그 요소들은 각기 또 나름의 요소들로 구성된다. 정보는 이렇게 꼬리에 꼬리를 물고 뻗어 나간다.

마인드맵을 그리기 위한 준비물은 종이와 펜만 있으면 된다. 종이는 일반 노트보다는 더 크고 넉넉한 것이 좋다. 창시자 부잔은 분류를 용이하게 하기 위해 적어도 3가지 이상의 색깔 있는 펜을 준비하라고 권했는데 이것도 참고하자.

그럼 나를 마인드맵으로 그려보자.

준비한 백지 맨 가운데에 '나' 또는 자신의 이름 '김영수'라고 쓰고 동그란 원을 그려 감싼다. 원을 중심으로 방사선형으로 줄을 긋고 각각 줄 끝에 '나'를 설명하는 큰 주제의 키워드를 쓴다. 개수는 10개 이내로 한다. 큰 주제의 키워드가 너무 많으면, 소주제로 뻗어 나갈 때 너무 복잡해져 그리기가 힘들다. 가능하면 약 5개 정도의 큰 주제로 시작해보자. 가족과 고향, 학창시절, 결혼생활, 직장생활, 은퇴 후 생활.

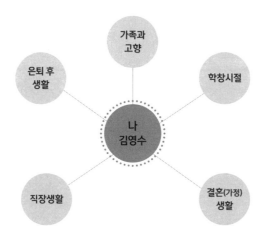

다음은 이 5개의 큰 주제 키워드 각각에 대해 떠오르는 작은 주제의 키워드를 적는다. 이때는 개수를 제한하지 않고 생각나는 대로 적는다. 5개의 큰 주제의 다음 가지를 그리고 나면 다시 그 작은 주제별로 더 작은 가지를 그려나간다. 단, 작은 가지로 뻗어 나갈 때 생각이 끝났다고 해도 가능하면 여백을 남겨두어야 한다. 다른 가지를 그리다 보면 추가할 것이 생각나기 때문이다.

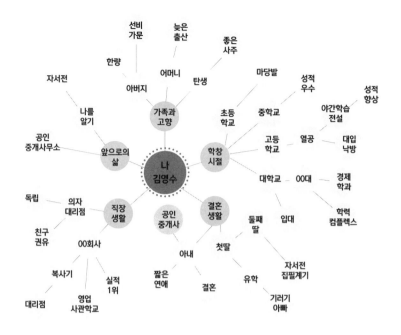

여기서 제시한 방법은 내가 책 쓰기에 활용하였던 경험에 기초한 것이므로 사람마다 그리는 방법이 다를 수 있다. 또한, 마인드맵을 한번에 완성할 필요도 없고, 한 장만 그리라는 법도 없다. 처음 그려나가던 마인드맵이 갈피를 잡기 어렵게 되면 과감하게 다시 그려라. 시행착오를 거치고 키워드를 바꿔가며 나만의 마인드맵을 설계하는 것이 좋다. 단계별이나 주제별로 색깔을 다르게 사용하면 더 알아보기 쉬운 생각 지도를 그릴 수 있다. 그리다 보면 종이 한 장 가득한 마인드맵이 그려진다. 연보로만 이해하던 내가 훨씬 체계적인 모습으로 선명하게 나타날 것이다.

Class 05
자기소개서 쓰기

자소서 쓰기로 '지금의 나'를 밝혀라

연보 작성과 키워드 뽑기를 통해 내 삶이 많이 구체화되었다. 처음 우리가 부딪혔던 '무엇을' '어떻게' 쓸 것인가 하는 문제 중에서 '무엇을' 부분은 꽤 해결했다는 기분이 들 것이다. 다음에는 '어떻게 쓸 것인가'의 문제가 나오는데, 여기서 가장 먼저 고려해야 할 부분은 '어떤 관점에서 쓸 것인가'이다. 그냥 막연하게 '내가 나에 관해 쓴다'는 입장으로는 만족할 만한 자서전을 쓸 수 없다. 쓰는 사람의 입장이 뚜렷하게 정립돼 있어야 모든 관점이 일관되게 흐를 수 있다.

그 입장이란 바로 "지금의 나는 누구인가?" 하는 것이다.

자서전은 '지금의 나'가 '과거의 나'를 재해석해 '나'를 표현해내는 작업이다. 따라서 글을 쓰고 있는 지금의 나의 정체성을 명확하게 하는 것이 중요하다. 지금의 내가 누구인지에 따라 과거의 일들에 대한 해석과 판단이 달라지기 때문이다.

가령, 초등학교 시절 공부는 하지 않고 친구들과 어울려 놀기만 했다고 해보자. 당시의 나에 관해 글을 쓴다면 굳이 재해석이 필요 없다. 그냥 사실대로 쓰면 그만이다. 그런데 '지금의 나'라는 관점을 가지고 보면 과거 사실의 의미가 달라진다. "나는 영업이 천직인 영업맨이다."라는 정체성으로 들여다보면 어려서부터 사교성이 뛰어났다고 해석할 수 있다. 반면 지금의 나를 "나는 학벌이 부족한 사람이다."라고 바라본다면 어릴 때 공부하기를 싫어한 탓에 원하는 대학에 가지 못했다고 해석하게 될 것이다. 이처럼 자서전 쓰기에서 '지금의 나'의 정체성을 규정하는 것은 매우 중요하다.

유명인들의 자서전 제목을 보면 쓴 사람의 정체성이 그대로 드러난다. 고 정주영 현대그룹 회장의 자서전 제목은《시련은 있어도 실패는 없다》이다. 이 제목에 고 정주영 회장을 설명하는 키워드가 고스란히 들어가 있다. 가출해서 기업을 일구는 과정을 시련으로 표현하고, "실패는 없다"라는 말에서 대기업 현대를 이루어 낸 자신감과 확신을 보여준다. 김우중 전 대우그룹 회장의 자서전 제목은《세계는 넓고 할 일은 많다》이다. 대우가 '세계경영'을 신조로 삼았던 점을 상기하면 김우중을 상징하는 제목임을 느낄 수 있다. 또한 이들 자서전의 내용을 읽어보면, 수많은 사건들이 다 같은 관점, 저자의 정체성을 보여주는 관점에서 서술되었음을 알 수 있다. 우리 역시 자서전 전체의 흐름을 자연스럽게 이끌어갈 수 있는, 나에 대한 관점을 찾아내야 한다.

가장 좋은 방법은 '지금의 나'에 대한 관점을 정리한 짧은 글을 한 편 쓰는 것이다. 지금의 내가 누구인지 알려주는 글이니 이 글을 '자소서(자기소개서)'라고 부르기로 하자.

단 우리가 쓸 자소서는 대학입시 자소서나 취업 자소서처럼 다른 사람에게 나를 소개하는 글이 아니다. 나의 일대기를 요약하는 글도 아니다. '지금의 나'가 누구이고 어떤 사람인지를 '나 자신'에게 소개하는 글이다. 링컨 대통령의 유명한 연설을 패러디하자면, '나를 위한, 나에 의한, 나의' 자소서이다.

그러니 대입 자소서나 취업 자소서를 잘 쓰는 팁 같은 것은 모두 머리에서 지워 버리는 쪽이 좋다. 우리가 쓰고자 하는 자소서는 누구에게 보여주려고 쓰는 글이 아니다. '좋은 글은 목적에 충실한 글'이라는 조건을 기억하자. 우리가 자소서를 쓰는 목적은 자서전의 관점을 명확히 하는 것이다. 따라서 '지금의 나는 누구인가'라는 질문에 답하는 형식으로 쓰는 것이 좋다. 대부분의 글은 질문과 응답으로 이루어져 있다고 해도 지나친 말이 아니다. 질문이 곧 주제이다.

또한 지금까지 살아온 나를 모두 설명하려는 무모한 시도를 할 필요도 없다. 혹자는 '지금의 나는 누구인가'라는 질문에서 '지금'을 빼고 생각해 태어나서부터 지금까지 살아왔던 삶의 여정을 모두 담아내려고 안간힘을 쓴다. 그러나 그건 자소서라기보다 이미 자서전에 가깝다. 지금 우리는 자서전을 쓰기 위한 준비로 자소서를 쓰려고 한다는 점을 잊지 말자.

자소서 쓰기의 실제

처음 만나는 사람과 인사를 나눌 때 우리는 나를 소개하기 위해서 명함을 건넨다. 그 명함이 '지금의 나'의 정체성을 어느 정도 대변한다고 볼 수 있다. 현재 무슨 일을 하는지는 나의 평소 생활, 나의 능력, 내가 가진 관계 등 많은 것을 비추어주기 때문이다.

그런데 간혹 명함이 여러 장 있는 사람이 있다. 교사이자 시인인 사람, 의사이자 방송인인 사람, 영업자이면서 시민단체 활동가인 사람······. 이 경우 무엇이 나의 정체성일까. 글쎄, 이건 자신이 무엇을 더 의미 있게 여기느냐에 따라 다르다. 교사는 밥벌이 수단일 뿐 '시인'이 더 중요하다고 여기는 사람이 있을 것이고, 시는 취미이고 '교사'가 더 의미 있다고 생각하는 사람도 있을 것이다. 자서전의 관점을 명확히 하려면 이 중 하나를 선택해야 한다. '지금의 나'를 시인이라고 규정한다면, 교사 생활을 포함하여 삶 전체가 시인의 길을 추구하는 과정으로 그려질 것이다. 반면 '지금의 나'가 교사라면 아이들을 가르치는 삶에 최선을 다하는 가운데 덤으로 시인의 길을 걷는 것이 된다.

'지금의 나'의 정체성이 꼭 직업과 연관된 것일 필요는 없다. 여러 직종을 거쳤거나 현재 은퇴하고 직장에 다니지 않더라도, 살면서 일관되게 지녀온 삶의 방식이나 추구하는 방향이 있다면 그것이 나의 핵심 정체성이 된다.

앞서 키워드 뽑기에서 나를 설명해주는 키워드를 여럿 찾아냈을 것이다. 그중에서 '지금의 나'를 특히 잘 보여준다고 여겨지는 것을 골라 늘어놓아 보자.

그리고 각각의 키워드에 대해 질문을 던진다. 그 키워드가 왜 나와 맞아떨어지는지, 나는 어떤 과정을 거쳐 이런 사람이 되었는지, 그 과정에서 내가 원하고 추구했던 것이 무엇인지 등. 답변에서 공통된 요소가 있다면 그것이 내 핵심 정체성일 가능성이 크다.

핵심 정체성을 찾아냈다면 직전의 과정을 거꾸로 밟아가며 자소서를 쓴다. 핵심 정체성과 연관된 키워드를 중심으로, 내가 어떤 사람인지, 어떻게 하여 그런 사람이 되었는지, 왜 그것이 나를 보여주는지 설명해주는 내용을 쓰면 된다.

본문 예시

나는 언제나 기회를 찾아내는 사람이다.
나는 평생을 영업맨으로 살아왔다. 대학을 졸업하고 40세까지 줄곧 복사기 판매하는 일을 했고, 의자 대리점 점주로 의자를 팔면서 11년을 일했다. 영업을 하면서 자부심을 느꼈고, 사람들이 내게 '복사기 판매 도사'라는 수식어까지 붙여준 것으로 보아 영업은 나의 천직 같다.

하지만 처음 사회생활을 시작했을 때만 해도 나는 내가 영업맨이 되리라고는 꿈에도 생각하지 못했다. 처음에는 ○○ 회사에 사무직으로 입사했다. 그러던 어느 날 '사내 복사기 판매 행사'가 열렸다. 판매 목표는 5대였는데 나는 16대를 판매하는 기록을 세워 사무직 중 1위를 했다. 그 결과 나는 영업부로 부서를 옮겼고 그곳에서 승승장구하며 대리점 점장까지 되었다.

IMF로 본사 대리점이 폐쇄되면서 퇴직을 했다. 13년간 몸담은 직장에서 쓸모없어졌다는 생각에 상심했다. 하지만 친구가 경영하는 의자총판에 놀러 갔을 때 뜻밖의 기회를 얻었다. 친구에게 작은 사무실을 대상으로 홍보하는 방법을 조언했는데, 거기 감명을 받은 친구가 내게 새로 오픈하는 매장의 관리자 자리를 제안했다. 그렇게 나는 새 출발을 할 수 있었다.

영업도 끊임없이 기회를 찾아내는 일이다. 물건을 팔 기회를 찾아내는 것도 중요하지만 사람을 사귈 기회, 사람을 더 잘 알 기회를 놓치지 않아야 좋은 영업자가 될 수 있다. 나의 영업 비결은 "남을 도와줄 기회를 놓치지 않는다."는 거였다.

지금 나는 의자 대리점을 접고 인생의 새로운 장에 들어섰다. 앞으로 어떻게 될지는 모르지만 또 다른 기회가 왔을 때 그것을 찾아내어 멋진 삶을 살아갈 자신이 있다. 그리고 내 일상에서 행복을 느낄 기회, 내 가족과 친구들을 사랑하고 아낄 기회도 놓치지 않을 것이다.

나를 보여주는 키워드 중 영업맨, 복사기, 복사기 판매 대회, 친구, 의자 대리점 등을 활용하여 쓴 자기소개서이다. '나'의 많은 정체성 중 직업에 관한 것이 중점적으로 쓰여 있다. "기회를 찾아내는 사람"이라는 정체성을 보여주는 소재로 영업자로 살아온 모습이 가장 적합하다고 생각했기 때문이다.

이 경우엔 굳이 나는 언제 어디서 태어났고, 어느 학교에 다녔고, 누구와 결혼했고, 아이는 몇 낳았고……. 이런 신상 정보들을 모두 쓸 필요는 없다. "지금의 나는 누구인가"에 관련된 정보들은 넣어야겠지만, 나의 핵심 정체성과 상관이 없다면 굳이 쓰지 않아도 된다는 것이다. 반대로 나의 정체성 중 '아버지'가 가장 중요하다고 생각한다면 그때는 가족에 대한 키워드가 많이 들어갈 것이다.

연보에서는 중요한 기억이든 사소한 기억이든 똑같이 모두 적었다. 하지만 자소서에서는 내 삶에서 내가 누구인지를 보여주는 핵심적인 포인트를 끄집어내 써야 한다.

이제까지 연보와 키워드를 정리하면서 자신에 대해 쓰고 싶은 것이 많이 생겼을 테니, 꽤 충실한 자소서가 나올 것이다. 문장이나 구성은 처음에는 마음에 차지 않을 수도 있다. 그래도 괜찮다. 글은 쓰다 보면 자연히 는다. 자소서를 쓰는 중에도 늘고 자서전을 써나가는 중에도 계속 향상될 것이다. 한 번에 잘 쓰려고 하지 말고, 마음에 안 들면 나중에 다시 쓰면 된다는 생각으로 자신 있게 써보자.

참고로 다시 쓸 때는 이미 쓴 것을 고치려고 하기보다는 아예 새로 쓰는 것이 더 효율적이다. 이미 쓴 것에 미련을 두고 고치고 또 고치고 하다 보면 덧댄 흔적만 도드라진다. 아예 다시 쓰는 게 더 좋은 글을 얻을 수 있다. 맘에 들 때까지 다시 쓰다 보면 자연스럽게 글 실력과 논리력이 늘면서 자소서의 완성도도 올라갈 것이다.

그리고 자소서 분량을 어느 정도로 해야 하느냐고 궁금해할 사람들이 있을 터인데, 모든 게 '내 마음대로'이다. A4 반 장도 좋고, 열 장도 좋다. 지금 우리는 자서전을 쓰기 위해 나의 정체성을 분명하게 규정하는 과정에 있다. 목적을 충족시킬 수만 있다면 서너 줄이라도 좋다. 자소서를 쓰기 전에 던졌던 그 질문, '나는 누구인가'에 대한 답을 제대로 했느냐가 중요하다.

Class 06
자서전 기획하기

자서전 기획의 중요성

연보 작성, 키워드 찾기, 그리고 자소서 쓰기를 통해 자서전에 무엇을 어떻게 쓸지에 대한 착상이 떠올랐을 것이다. 이제부터는 그것을 좀 더 구체적이고 탄탄하게 기획하는 단계에 들어간다. 많은 이야깃거리들을 어떤 순서로 늘어놓을지, 각각의 이야기에 어떤 주제를 담을지 등을 개략적으로 결정한다.

자서전의 본격 집필에 앞서 세부를 기획하는 작업은 매우 중요하다. 기획은 이정표와 같다. 집짓기를 예로 들어 설명해보자. 우리는 집을 지으려면 어떻게 해야 하는지를 따로 설명하지 않더라도 잘 알고 있다. 가장 먼저 하는 일은 설계도를 그리는 것이다. 어떤 집을 어디에 어떻게 지을 것인지 고민한 것을 바탕으로 자신이 짓고자 하는 집의 얼개를 만든다.

설계도가 없어도 집을 지을 수는 있다. 짓는 사람이 공정과 재료를 나름 머릿속에 그려가면서 하나하나 지어나가면 된다. 그런데 완공한 집을 보면 설계도에 따라 지은 집과 그렇지 않은 집은 확연하게 차이가 난다.

텔레비전에 소개되는 전원주택 중에는 설계도도 없이 집주인이 혼자서 시간 나는 대로, 또 그때그때 즉흥적으로 아이디어를 내어서 지은 집들도 있다. 텔레비전은 그 집을 제대로 지었는지를 평가하기보다는 혼자서 해냈다는 점에 초점을 맞추어 '대단하다'는 평가를 하기 마련이다. 그런데 꼼꼼히 들여다보면 어딘지 모르게 부족한 2%를 발견할 수 있다. 거주인의 동선이 부자연스럽고, 공간이나 부속물들의 배치도 은근히 비효율적이다. 그 점이 즉흥적으로 지은 집의 매력이라고 하면 할 말이 없지만, 살기에 불편하다는 점은 부인할 수 없을 것이다.

계획 없이 집을 짓다 보면 거주인의 사용 목적에서 벗어난 정체불명의 집을 짓기 쉽다. 시작은 했지만 언제 완공할지 예측하기도 어렵다. 또한, 즉흥적 발상으로 이것저것 추가하다 보면 예산도 예상 밖으로 불어나는 등 부작용이 만만치 않다.

자서전도 마찬가지다. 기획서를 만들지 않고도 자서전은 쓸 수 있다. 머릿속으로 잠깐 궁리하고 나서 바로 본론으로 들어가서 쓰면 된다. 그러나 기획서 없이 써내려가다 보면 머지 않아 방향을 잃고 우왕좌왕하게 된다. 난관에 부딪히면 금세 앞이 막막해지고 그대로 포기하게 될 수도 있다.

기획서가 없을 때 가장 흔하게 부딪히는 난관이 시계열의 문제다. 어떤 화제에 몰입해서 쓰다 보면 이야기가 시대별로 일관성 있게 흐르지 않고 뒤죽박죽 얽힐 가능성이 높다. 그 화제에 대해 지금 가지고 있는 입장까지 구분 없이 뒤섞이면서 정체불명의 이야기가 될 수도 있다. 어릴 때 뒷산에서 놀던 이야기를 하다가 지금도 등산을 좋아한다는 이야기를 쓰고, 산의 아름다움과 심신 정화 효과에 대해서 쓰고, 아내와 산에 가서 화해한 이야기를 쓰고 하는 식이다. 농담 같겠지만 의외로 이런 일이 흔하다.

나 아닌 다른 사람의 이야기가 한없이 늘어나는 문제도 허다하게 발생한다. 자서전은 누구의 얘기를 쓸까. 당연히 내 얘기다. 그런데 어떤 사건에서 '나'가 주역이 아니라 조연이었을 경우 저도 모르게 이야기가 사건의 주인공 시점으로 흘러가 버릴 수 있다. 처음에 '내 이야기' 중심으로 글의 방향을 구체화하지 않은 채 쓰기 시작했기 때문에 벌어지는 실수다.

기획이라는 작업을 통해 자서전의 구조를 미리 짜고, 어느 위치에 어떤 소재를 어떻게 배치할 것인지 미리 계획을 세워두면 이런 문제를 어느 정도 막을 수 있다. 집필 도중에 예상하지 못한 복병을 만난다 해도 차근차근 극복하고 예정한 방향으로 나아갈 수 있다. 그래서 본격 집필에 앞서 자서전을 기획하는 작업은 선택이 아니라 필수다.

편년체와 기전체

　자서전 기획에서 가장 우선적인 것은 이야기를 어떤 순서로 배치할 것인가이다. 자서전의 구성 방식은 크게 3가지 유형으로 나눠 볼 수 있다. 첫째 시간 순서로 내가 겪은 일들을 쓰는 것, 둘째는 내 인생의 사건들을 주제별로 분류하여 전개하는 것, 그리고 마지막으로 이 두 가지 방식을 혼합하는 것이다. 같은 내용이라도 어떻게 쓰느냐에 따라 글의 형태는 상당히 달라진다.

　시간순으로 서술하느냐, 주제 혹은 소재별로 서술하느냐는 개인의 삶만이 아니라 역사를 기록할 때도 사용되어온 방식이다. 학교 다닐 때 편년체(編年體)와 기전체(紀傳體)에 대해서 배운 것을 기억하는 사람도 있을 듯하다. 편년체는 말 그대로 연월일에 따라서 시간순으로 기록하는 체제이고, 기전체는 임금별, 인물별, 경제, 법률, 제도와 같은 주제별로 항목을 만들어 각각의 항목에 관한 중요한 사건이나 변화 내용을 적는 것이다.

　자서전을 편년체 방식으로 쓰겠다고 하면, 출생에서 시작해 오늘까지의 이야기들을 시간 순서대로 쓰면 된다. 앞에서 만들었던 연보가 그 밑바탕이 된다.

기전체로 쓸 때는 학업, 일, 가족, 인간관계 등 커다란 주제별로 내용을 묶어서 쓴다. 앞에서 정리한 '나를 설명하는 키워드'가 큰 주제를 정할 때 많은 도움이 될 것이다.

내 자서전을 어떤 방식으로 쓸지는 물론 내 자유다. 더 마음이 끌리는 쪽으로 정하는 게 가장 좋다. 앞서 준비 작업을 하면서 생각한 내 자서전의 이미지도 있을 것이다. 그래도 어떤 방식을 택할지 고민이 된다면, 내가 이 자서전을 쓰는 목적이 무엇인지를 다시 생각해보자.

자서전에도 두 가지가 있다. 나의 전 생애를 총망라하는 완결본이 있고, 어느 시점에서 나라는 사람을 되짚어보는 중간본이 있다. 완결본을 쓰고자 한다면 '나'라는 사람을 구성하는 총체적인 그림을 되도록 빠짐없이 수록할 필요가 있다. 유산을 남긴다는 의미로, 가문이나 주변 이야기, 시대상까지 다양하게 아우르는 태도로 접근하는 것이 좋다. 다양한 소재가 언급되고 다루는 내용, 인물 관계 등이 복잡해지는 만큼, 일직선 구성인 편년체로 진행하는 것이 쓰기에도 읽기에도 좋다.

하지만 요즘은 많은 사람들이 인생을 중간결산하는 의미로 자서전을 쓴다. 몇 년에 한 번씩 가족사진을 찍듯이, 지금에 이르기까지의 일들을 성찰적으로 반추하여 내일을 위한 반석으로 삼는 것이다. 이 경우 지금의 내게 무엇이 중요하고 앞으로 무엇을 추구할지에 따라 특정한 소재, 주제에 집중하게 된다. 이런 경우에는 기전체 형식으로 주제에 맞는 내용을 선별하여 쓰는 것이 좋다.

편년체로 기획하기

편년체 방식에서는 시대 구분이 중요하다. 역사에서 삼국시대, 고려시대, 조선시대를 구분하듯이 내 삶도 뚜렷한 기준을 가지고 시대를 구분해서 장(章, chapter)을 나눠야 체계적으로 진행할 수 있다. 편년체이므로 시대 구분도 시간순으로 하면 된다. 어린 시절, 학창 시절, 청년 시절……. 이런 방식이면 크게 어려움이 없다.

다소 밋밋하게 느껴질 수도 있지만, 각 장의 제목은 탈고 후에 멋있게 수정하면 되니 당장은 걱정하지 않아도 된다.

① 부모님과 출생 배경
② 어린 시절(유아기부터 초등학교까지)
③ 중·고등학교 시절
④ 대학 시절
⑤ 청년기(20대 후반~30대)
⑥ 중년기(40대~50대)
⑦ 은(명)퇴 이후(60 이후)

무난한 방식으로 시대를 구분한 사례이다. 염두에 둘 점은 사람에 따라 시대별 원고량이 다르다는 점이다. 어린 시절에 쓸 게 별로 없을 수도 있고, 중·고등학교 시기에 쓸 내용이 어마어마하게 많을 수도 있다. 이럴 때는 기계적으로 원고량을 맞추기보다는 시대를 통폐합하거나 나누면 된다. 중·고등학교 시절을 중학교 시절과 고등학교 시절로 나눈다든가 하는 식이다.

또한 살아오면서 한두 번의 변곡점이 있었을 것이다. 삶의 전환기라고 할 수 있는 이 지점은 매우 중요하다. 이 일을 기점으로 그 전후의 삶이 완전히 바뀔 만큼 큰 의미를 지니고 있기 때문이다. 이 시기에는 쓸 이야기도 아주 많다. 그래서 이런 변곡점을 기준으로 시대 구분을 하는 것이 좋다.

직장에서 승승장구하던 사람이 병에 걸리면서 인생의 큰 변화를 맞았다고 해보자. 그럼 병을 진단받은 날을 시점으로 그 이전의 시대와 그 이후의 시대로 구분할 수 있다. 아이를 낳았다는 이유로 직장에서 권고사직을 당했다고 하자. 그럼 출산을 기점으로 그 전과 후로 나눌 수 있다. 편년체 서술에서 나는 이 방식을 강력하게 추천한다. 극적인 요소가 가미되니 이야기도 더 재미있게 마련이다.

예시의 연표를 바탕으로 편년체 자서전을 기획해 보았다. 참고가 될 것이다.

① **프롤로그**

② **부모님과 출생 배경**

- 400년 이어온 선비 가문의 후예
- 글 읽으며 주유하는 한량(아버지)

- 무던하고 인내심 강한 여인(어머니)
- 집안 최고의 사주 소유자(출생)

③ 어린 시절

- 초등학교 조기입학
- 동네 마당발
- 뒷산을 놀이터 삼다.

④ 중 · 고등학교 시절

- 놀면서 공부 잘하는 아이
- ○○ 고에 입학하다.
- 우물 안 개구리(첫 시험에서 중간 석차 성적)
- 야간학습의 전설 속에서 분발

⑤ 대학 시절

- 대입 낙방, 거기엔 내 이름이 없었다.
- 재수 그리고 상경계열 입학
- 학력 콤플렉스와 시국이 불러온 방황
- 대학원 진학과 취직 사이에서 방황하다.

⑥ 청년기

- 영업사관학교에 입사하다.
- 나의 연애사
- 3년 만에 전국 실적 1위가 되다.
- 결혼, 아내라는 여자

- 첫 차를 뽑다.
- 8년 만에 첫딸 낳고 곧이어 둘째 딸도 낳다.

⑦ 중장년기

- 10년 만에 대리점 점장 되다.
- 아이엠에프의 한가운데 서다.
- 의자 대리점을 열다.
- 10년이 넘도록 제자리였던 아파트
- 장인 장모 모시다
- 딸들 유학으로 기러기아빠 되다.

⑧ 은퇴 후 인생

- 의자 대리점을 접다.
- 이민을 원하는 딸들
- 부부공인중개사를 꿈꾸다.
- 내가 살고 싶은 삶

⑨ 에필로그

기전체로 기획하기

기전체 방식을 기획할 때는 4강에서 준비한 키워드와 마인드맵, 그리고 자소서에서 확립한 관점을 십분 활용해야 한다. 나의 여러 가지 일면을 잘 보여주는 키워드를 중심으로 각 장을 구성하고, 자소서를 쓰면서 규명한 나의 핵심 정체성을 보여줄 수 있도록 배치한다.

'나'라는 사람이 어떤 사람인지 돋보이게 하려면 키워드를 어떻게 배치하는 것이 가장 효율적일지 생각해야 한다. 핵심 키워드를 앞부분에 배치하고 그 핵심 키워드를 뒷받침해줄 키워드들을 뒤에 배치할 수도 있고, 아니면 바탕이 되는 키워드부터 차근차근 쌓아가며 이야기를 점층적으로 배치하다 마지막에 핵심을 보여주는 방식도 있다.

어떤 사건에 대해 다른 사람들에게 얘기할 때, 정작 중요한 핵심은 남겨두고 자꾸 주변에서만 맴돈다면 반응이 어떨까. 헛소리는 그만하고 본론부터 얘기하라고 아우성칠 것이다. 반대로 처음부터 그 핵심을 얘기해버리면 주변 이야기들에 대한 흥미는 급격히 떨어질 것이다. 그래서 어떤 방식이 좋을지는 하고자 하는 이야기의 성격에 따라 선택하면 된다. 어떻게 하면 효율적이고 재미있게 사람들에게 내 얘기를 전할까를 살펴서 키워드 배치를 하면 된다.

큰 틀에서 집을 어떻게 지어나갈까 생각하듯 이야기 전개를 어떻게 할 것인가를 생각하면서 키워드의 순서를 정하는 것이 좋다. 처음부터 키워드를 잘 배치하고 쓰면 인과관계를 비롯하여 이야기의 전후좌우가 자연스럽게 연결되면서 키워드들의 연관관계가 선명하게 드러나게 된다. 치밀하게 기획을 하고 그 기획을 계속 진화시키면서 글을 써나가는 것이 중요하다.

그러면 기전체 방식의 기획을 실제로 해보자. 4강 마인드맵 작성에서 사용했던 5가지 카테고리를 키워드로 내용을 구성했다.

① 부모님과 출생 배경
- 글 읽으며 주유하는 한량(아버지)
- 무던하고 인내심 강한 여인(어머니)
- 집안 최고 사주의 소유자(출생)

② 학창 시절
- 동네 마당발
- 놀면서 공부 잘하는 아이
- 우물 안 개구리(첫 시험에서 중간 석차 성적)
- 야간학습의 전설 속에서 분발
- 재수 그리고 상경계열 진학
- 학력 콤플렉스와 시국이 불러온 방황

③ 직업
- 대학원 진학과 취직 사이에서 방황하다.
- 영업사관학교에 입사하다.
- 3년 만에 전국 실적 1위가 되다.
- 10년 만이 대리점 점장 되다.
- 아이엠에프의 한가운데 서다.
- 의자 대리점을 열다.

④ **결혼생활**

- 나의 연애사

- 결혼, 아내라는 여자

- 첫차를 뽑다.

- 8년 만에 첫딸을 낳고 곧이어 둘째 딸도 낳다.

- 10년이 넘도록 제자리였던 아파트

- 장인 장모 모시다.

- 딸들 유학으로 기러기아빠 되다.

- 이민을 원하는 딸들

⑤ **은퇴 후 생활**

- 의자 대리점을 접다.

- 부부공인중개사를 꿈꾸다.

- 내가 살고 싶은 삶

비슷한 내용이지만 편년체와는 상당히 느낌이 달라졌을 것이다. 주제에 맞지 않는 내용은 빼기도 했다. 세부 기획을 살펴보면 어떤 것부터 배치하는 것이 좋을지 나름대로 계획이 설 것이다. 위 예에서는 자소서를 쓰기에서 예로 든 "기회를 놓치지 않는 영업맨"의 모습을 보여주기에 무난한 배열을 선택했다. 영업맨으로 성장해온 나의 삶의 과정을 출생-학창시절을 거쳐 순서대로 보여준 다음, 가정 속에서의 나의 일면을 따로 설명하고 마지막에 새출발을 이야기하며 마무리했다.

반대로 자소서를 쓸 때 "내 인생에서 가장 중요한 것은 내가 꾸린 가정"이라는 관점을 잡았다고 하자. 그러면 이런 배열이 될 수 있다.

가정-직업-출생 배경-학창시절-은퇴 후 생활

아내와 결혼하여 가정을 꾸리고 두 아이와 살아온 내 삶의 모습을 먼저 인상적으로 보여준다. 그리고 나의 이런 행복한 삶이 가능하게 해준 생계 수단, 즉 직업에 다음의 비중을 두고 두 번째 자리에 놓는다. 출생과 학창시절을 통해 지금의 나를 만들어준 나의 과거를 보여주고, 학창 시절의 바로 뒤에 은퇴 후 생활을 배치함으로써 20대 때 사회생활의 첫 발걸음을 준비하던 모습과 새로운 삶을 준비하는 지금의 모습을 서로 대비되도록 해보았다.

물론 각자의 생각에 따라 다른 배열이 가능하다. 당연히 그럴 만한 이유가 있을 것이다. 여기에는 정답이 있는 것이 아니다. 생각하는 바가 곧 답이다.

편년체와 기전체 두 가지 방식을 이야기했는데, 양쪽 다 장단점이 있어 한쪽으로 결정하기 어렵다는 생각도 들 것이다. 편년체로만 쓰려니 사건이 한꺼번에 많이 일어나는 시기를 서술하기가 어렵고, 기전체로 쓰자니 주제별 분류를 하기 어려운 사건들도 많다. 이럴 때 사용하는 것이 두 가지를 혼합한 방식이다. 《내 인생의 자서

전 쓰는 법》의 저자 린다 스펜스는 자서전의 시대 구분을 아래 8가
지로 제안했다.

① 나의 출생과 어린 시절

② 청소년기

③ 20대와 30대

④ 결혼생활

⑤ 중년으로 접어들어

⑥ 할머니, 할아버지가 되어

⑦ 노년을 보내며

⑧ 회상

편년체와 기전체를 혼합한 방식이다. 전체적으로는 시간순으로
진행하면서, 결혼생활과 손주를 얻은 후의 삶에 대해서는 주제별로
분류했다. 또 마지막에 '회상'이라는 파트를 두어 총정리를 했다.

직장 이야기를 따로 집중적으로 하고 싶은 사람은 직장을 다룬
주제별 단원을 기획하면 되고, 친구 관계에 대해 쓰고 싶다면 친구
들의 인물 열전을 기획할 수 있다. 이제까지 살펴본 여러 가지 방식
을 응용하여 자기만의 구성을 해나가면 된다.

자료 찾기 및 취재

본격적인 집필에 들어가기 전에 한 가지 꼭 거쳐야 할 과정이 있다. 바로 사실을 검증하고 다른 사람의 증언 등 객관적인 자료를 수집하는 것이다.

내가 내 이야기를 쓰는데 검증이니 증언이 왜 필요한가. 내가 한 일을 내가 알지 누가 알겠는가. 자서전을 쓰려고 맘먹은 사람은 대부분 이렇게 생각한다. 하지만 과연 그럴까.

불행하게도 우리의 기억력은 자서전을 쓰기에 충분할 만큼의 자료를 저장해두지 못한다. 사람은 3일이 지나면 배운 내용의 80%를 잊어버리고, 3주가 지나면 대부분을 기억하기조차 어렵다고 한다.

삶의 기억에 대해서도 마찬가지다. 자신이 살아온 삶을 또렷이 기억하는 사람은 거의 없다. 대부분이 자신에게 특별히 영향을 미친 특정 사건에 대해서는 상세하게 기억할지 몰라도 그렇지 않은 일상적인 일이라면 대략적인 줄거리만 기억한다. 아예 기억하지 못하는 일들도 다반사다. 기억력이 특별히 뛰어난 사람이라 해도 조금 더 많이 기억할 뿐 우리와 크게 다를 바 없다. 그래서 부족한 자료들은 발품을 팔아 찾고, 나아가 다른 사람들의 도움을 받아서 복원해야 한다.

자서전은 1차적으로 나의 기억력에 의존하는 작업이지만, 결국 자료와의 싸움이라고 해도 크게 틀리지 않는다. 자료의 많고 적음에 따라 자서전의 양과 질 모두가 결정되기 때문이다.

사람의 기억력이라는 것은 참으로 묘하다. 전혀 기억이 나지 않다가도 계기가 있으면 너무도 생생하게 재현이 가능할 정도로 떠오르는 경우도 있다. 기억을 되살려주는 계기에는 사진이나 일기, 메모, 아니면 친구와의 수다 같은 것들이 있다. 아이들과 찍은 사진을 보면 사진 찍을 때 있었던 일들이 영사관에서 필름을 돌리듯 스쳐 지나간다. 수첩의 메모에서 잊고 지냈던 사람이 떠오른다. 친구나 지인들과 나누는 수다 역시 빼놓을 수 없는 기억 복원 방법이다. 여럿이 어울려 웃고 떠들다 보면 사건 당시로 시간여행을 한다. 생각지도 않았던 사소한 것까지도 어제 일처럼 생생하게 기억 속에 재현된다.

그래도 기억을 모두 되살릴 수는 없다. 무엇을 잊었는지조차 모를 수도 있다. 기억하기 싫은 일들은 자기에게 유리한 상황만 기억하는 등 왜곡해서 인식하고 있을 가능성도 크다. 그래서 나와 삶의 시간, 공간을 공유하는 사람들로부터 부족한 부분을 채워 넣고, 잊힌 부분을 복원해야 한다.

또 나의 삶 일부를 보냈던 곳, 이를테면, 나고 자란 고향이나 학교, 근무하던 건물 같은 공간들도 직접 찾아가 현장을 취재함으로써 기억에서 사라진 당시의 모습을 복원해놓아야 한다. 아울러 옛날에 인연을 맺었던 사람들과 만나 다양한 증언은 물론이거니와 사진이나 기록물을 수집해야 한다.

이런 일련의 자료 수집 및 취재, 인터뷰 과정은 자서전에 쓸 자료를 확보하는 작업이다. 따라서 많이 하면 할수록 그 결과물인 자서전이 좋아진다.

혹자는 뭐 그렇게까지 호들갑스럽게 자서전을 쓸 것 있느냐, 그냥 내가 기억하는 것만 쓰면 되지 않겠느냐고 할지 모르겠다. 그러나 그건 단순한 기억 수첩에 불과하다. 자서전이라 하기엔 함량이 부족하다. (물론 그렇게라도 안 쓰는 것보다는 쓰는 것이 낫다. 그렇게 하나하나 기억을 메모하다 보면 잊었던 기억이 떠오르기도 하고, 쓰는 재미가 붙으면 제대로 쓰고 싶은 욕심이 생기니까.)

이제까지 우리는 자서전에 무엇을 쓸 것인지에 대해 기획을 했다. 이 기획에 따르면 어떤 자료가 필요한지도 짐작할 수 있을 것이다. 본격 집필을 위한 마지막 준비 단계, 자료를 찾는 방법에 대해 알아보자.

문서자료 찾기

　자료 수집을 할 때는 철저하게 계획을 세우고 시작해야 한다. 계획 없이 자료 욕심을 부리다 보면 자료들이 이중 삼중으로 중복되고, 산 같이 쌓인 자료 앞에서 벌어진 입을 다물지 못하고 오히려 포기하고 싶어질 수 있다.

　어떤 자료가 필요한지, 어디까지 조사해야 하는지 등 구체적으로 필요한 자료의 리스트를 만들고, 또 이 자료를 어떤 수단과 방법으로 찾을 것인지 결정해야 한다. 그래야만 시간과 노력을 효율적으로 사용할 수 있다. 또한, 찾은 자료를 어떻게 정리하고 또 자서전 쓰기에 활용할지 미리 생각해보는 것도 중요하다. 구슬이 서 말이라도 꿰어야 보배이듯 찾아만 놓고 활용하지 않는다면 아니 찾은 것만 못하기 때문이다.

　가장 먼저 확실히 해 두어야 할 것은 일시, 장소, 인명, 학교명 같은 객관적인 정보들이다. 특히 정확한 날짜, 최소한 정확한 년도가 필요한 정보는 우선 검증 대상이다. 어린 시절 이사를 자주 한 경우에는 어디서 언제까지 살았는지 애매한 경우가 있는데, 나이 든 어른들에게 물을 수도 있지만 문서자료를 찾는 것이 가장 정확하다. 학창 시절에 몇 반이었는지, 담임선생님 성함은 무엇이었는지 등도 기억에 의존하는 것보다는 문서자료를 찾는 것이 좋다.

　다음은 자서전을 쓰면서 한번쯤 찾아봐야 할 문서자료이다.

① 가족, 주거 관련 문서

- 가족관계증명서(모든 가족 사항이 들어있는 것으로)
- 주민등록등본(주소 이전 기록이 모두 들어있는 것으로)
- 족보(소장하고 있는 경우)
- 부동산 등기부 등본(나와 부모님의 것 각각. 집, 논밭, 산 등 소유하고 있거나 소유한 적 있는 부동산)

② 학교 관련 문서

- 초, 중, 고 시절 생활기록부(통지표)
- 대학 시절 성적증명서
- 졸업앨범
- 학위 논문
- 상장, 혹은 수상 내역
- 초, 중, 고, 대학 설립 연혁

③ 사회생활 관련 문서

- 경력증명서
- 직업 혹은 사회 활동 관련 신문·잡지 기사
- 내 삶에 영향을 준 사회적, 역사적 사건에 대한 기록

④ 개인적 기록

- 사진앨범, 일기, 편지, 메모, 롤링 페이퍼 등
- 수필이나 시, 사진, 비디오
- 블로그, 카페, SNS 게시물

주요 일간지 기사의 경우 요즘은 대부분 인터넷에서 찾아볼 수 있지만, 오래된 자료일수록 인터넷에서 찾기 어렵다. 이럴 때는 국립중앙도서관 같은 대형 도서관의 정기간행물실에서 열람이 가능하다. 지난 신문철을 하나하나 뒤져가며 찾거나, 마이크로필름을 열람하는 수고를 들여야겠지만 그만큼 필요한 자료를 찾았을 때의 기쁨은 클 것이다.

관련한 책이나 논문 등의 자료도 필요하면 찾아서 검토, 참고해야 한다. 평범한 사람이 자서전을 쓰면서 책이나 논문까지 참고해야 하나 하고 생각할지도 모르겠으나 자신의 삶과 관련된 사건이나 일, 인물을 좇아가다 보면 필요할 수도 있다. 특히 직업과 관련해서 자료들을 참고할 필요성이 있다고 보는데, 이런 것들에 관해 설명하거나 분석한 책, 논문 등이 그 일의 얼개나 정확한 이해에 도움이 되는 경우가 많기 때문이다.

또 한 가지 찾아보기를 권하고 싶은 것은 내 삶을 관통하는 '한국 현대사'이다. 지금 우리가 쓰려고 하는 자서전의 시간적 배경이 바로 한국 현대사이기 때문이다. 한국 현대사 자료는 태어나서 지금까지 살아온 나의 배경을 직, 간접적으로 이해하게 해주는 유용한 텍스트이다.

얘기가 나온 김에 한국 현대사의 흐름을 알 수 있는 책을 몇 권 추천해보겠다. 유시민의 《나의 한국현대사》(돌베개)와 한홍구의 《대한민국史》(한겨레출판)를 우선 꼽을 수 있다. 유시민의 책은 한 권으로 돼 있어서 읽는 데 부담이 없고, 한홍구의 책은 4권이지만 한국 현대사를 주제별로 잘 정리해놓고 있어서 교양을 위해 일부러라도 읽으면 좋다. 강준만의 《한국현대사 산책》(인물과사상)은 모두 24권으로 예정돼 있는데, 현재까지 23권이 나왔다. 내용이 방대하지만 필요한 연도를 골라 읽을 수 있고 빠르게 읽히는 문체여서 부담이 적다.

이 중에서도 자서전 쓰기에 필요한 텍스트로 한 권만 추천하라고 한다면 주저하지 않고 유시민의 《나의 한국현대사》를 추천하겠다. 이 책은 유시민의 자전적 이야기를 곁들여가며 한국 현대사를 정리하고 있어, 개인의 삶과 역사가 어떻게 관계를 맺고 있는지를 알 수 있게 해준다. 현대사와 자서전 두 가지를 동시에 즐길 수 있다. 또한 이 책을 읽다 보면 나 역시 동참했던 역사의 현장과 다시 마주치면서 새로운 감상을 얻을 수 있고, 잊었던 기억이 되살아나는 경험도 할 수 있다.

인터넷 검색으로 자료 찾기

요즘엔 모든 정보가 인터넷으로 통한다. 대부분의 자료 찾기 역시 인터넷에서 시작된다. 누군가는 인터넷이 정보 쓰레기장이라고 혹평을 하기도 하지만 이는 종종 정보 사냥에 실패한 이의 푸념이다. 인터넷을 돌아다니다 보면 이런 정보를 누가 왜 올려놓았을까 놀랄 정도로 다양하고 시시콜콜한 자료를 많이 만나게 된다. 이젠 '정보의 보고'로서 인터넷의 역할을 부정하는 사람은 없다.

하지만 인터넷 검색에도 기술이 필요하다. 나에 대한 정보를 찾겠다고 검색창에 무작정 내 이름 석 자를 써넣어 봤자 대부분은 나와 동명이인이 얼마나 많은지 확인하는 것으로 끝날 공산이 크다. 조금이라도 흔한 이름을 가진 사람이 자기 정보를 찾으려면 어마어마한 '클릭 품'을 팔아야 할 것이다.

그래서 인터넷에서 자료를 찾을 때는 미리 찾고자 하는 키워드를 확실히 정한 후 시작하는 것이 좋다. 어떤 정보를 인터넷에서 찾기 쉽고, 어떤 정보는 찾기 어려울지를 먼저 분류하자. 공공적 성격이 큰 사건일수록, 많은 사람이 관련된 일일수록 인터넷에 자료가 있을 확률이 높다. 검색할 일들 리스트를 결정하면 어떤 검색어로 어디에 가서 찾아야 할지도 좀더 구체적이 될 것이다.

학교, 기업, 공공기관의 행사, 졸업식, 입학식, 발대식 등에 대해서는 꽤 옛날 내용까지 인터넷에 자료가 남아있는 경우가 많다. 뉴스에 보도된 수상 내역이나 사건 사고 등도 마찬가지다. 교회, 절, 사회단체 등은 자체적으로 운영하는 카페나 홈페이지에 지난 행사 내용이나 사진을 모아두는 경우가 있다. 동호회 활동을 오래 했다면 인터넷 카페 등에 옛날 자료들이 쌓여 있을 수 있다. 오랜 친구들의 블로그나 페이스북 등 SNS도 의외로 자료의 보고가 될 수 있다.

인터넷에서 자료를 찾을 때 주의할 점이 있다. 자료를 찾다 보면 눈길 끄는 사진이나 단어, 제목들을 만나게 마련인데, 이걸 쫓아 클릭하다 보면 어느새 완전히 길을 잃고 정보의 바다를 표류하게 된다. 곁눈질하지 않고 주제에만 집중하는 클릭이 관건이다.

또 하나, 검색에 걸리는 대로 마구 자료를 모으다 보면 이것도 저것도 다 필요할 것 같은 생각이 들고, 도무지 진도를 나갈 수 없을 만큼 자료 과잉상태에 빠질 수 있다. 눈에 띄는대로 검색하기보다는 처음엔 꼭 필요한 자료를 중심으로 검색하고, 그 자료를 검토하여 추가 또는 심화 자료를 찾아가는 방식으로 진행하는 것이 효율적이다.

인터넷 검색에서는 필요한 자료의 옥석을 가리는 작업이 무엇보다 중요하다. 수많은 블로그와 카페에서 공유해간 중복자료를 걸러내는 것도 일이다. 같은 정보나 내용 없는 정보만 반복된다는 느낌이 들면, 과감하게 클릭을 중단하고 다음 검색어로 넘어가는 것이 좋다.

인터넷 검색은 단순히 자료를 찾는 역할만 하는 것이 아니다. 찾은 자료들을 꼼꼼히 읽는 과정에서 관련 분야나 당시의 시대상에 대해 여러 가지 공부를 하기도 한다. 또 이런 자료 읽기 작업은 잠자고 있던 기억력을 깨우거나 보완해주는 역할도 한다. 이런 점을 환기하며 검색하되, 읽어볼 자료, 캡처하여 보관할 자료, 지나칠 자료 등을 잘 분류하는 것이 중요하다.

인터뷰의 필요성

지금까지 기록이나 문서 등 수집이 가능한 자료들을 찾아보았다. 그런데 이런 방법으로도 찾을 수 없는 자료들은 어떻게 해야 할까? 바로 다른 사람의 기억에서 찾으면 된다. 내 삶을 지켜보아온 가족, 지인은 물론, 나와 관련된 특정한 사건의 관련자를 만나 증언을 듣거나 현장 답사를 하여 수집하는 것이다.

다른 사람의 기억을 모으는 작업에는 크게 두 가지 방법이 있다. 하나는 그 사람을 직접 만나서 얘기를 들어보는 것이고, 또 하나는 이메일이나 편지 등 글로 받는 경우이다. 어느 경우이든 질문을 던지고 답을 듣는다는 점에서 인터뷰라고 칭하기로 하자.

인터뷰는 어떤 사람에게 궁금한 것을 물어보고 거기에 대해 답을 듣는 행위이다. 보통 인터뷰라고 하면 신문이나 방송 기자들이 하는 공적인 인터뷰를 먼저 떠올리겠지만, 우리가 하고자 하는 것은 극히 개인적이고 사적인 인터뷰이기 때문에 여러 모로 다른 점이 있다.

인터뷰는 사람으로부터 듣는 것이기 때문에 감정적이고 생생하다. 자서전 쓰기에 좋은 영감이자 활력소가 되어준다. 또한 인터뷰는 부정확한 나의 기억을 교정하는 역할을 한다. 가족들이 모여 예전에 있었던 기억 하나를 끄집어내어 추억여행을 했을 때를 상기해보자. 열에 아홉은 그 기억들이 제각각이고, 사실관계도 다 자기에게 유리하게 기억하고 있다는 점을 확인했을 것이다. 그렇다. 지금 내가 기억하고 있는 것도 나에게 유리한 것, 또 내가 기억하고 싶은 것만 기억하고 있을 확률이 높다. 그런 점에서 인터뷰는 내 기억이 정확한지 아닌지를 확인하는 절차이기도 하다.

이제부터 소개하는 인터뷰 요령은, 내가 기자 생활을 하면서 얻은 인터뷰 경험과, 자서전 대필을 위해 의뢰자와 그 주변 사람들과 인터뷰를 가지면서 터득한 방법 중에서 자서전 집필에 활용하기에 좋은 것을 정리한 것이다.

인터뷰에 들어가기에 앞서, 우선 인터뷰를 통해 보충이 필요한 내용과 이를 보충해줄 인터뷰이(interviewee, 인터뷰 대상) 목록부터 작성해야 한다. 무작정 아무나 붙잡고 인터뷰할 수는 없다. 필요한 내용을 짧은 시간에 효율적으로 얻기 위해서는 미리 만날 사람과 질문할 내용을 정해놓고 추진하는 것이 좋다. 이 목록은 인터뷰 진행 상황을 점검하는 체크리스트까지 겸할 수 있다.

인터뷰할 내용	인터뷰이	인터뷰이 연락처	인터뷰 날짜	인터뷰 장소	인터뷰 여부	비고
중학 시절 교통사고	홍길동	010-xxxx-xxxx	2017. 7. 2	광화문	실시	
장인어른 타계	장모님	010-xxxx-xxxx	2017. 7. 10	장모님 댁	연기	2017. 8. 2로 연기
의자 대리점 인수	이민호	010-xxxx-xxxx	미정	미정	섭외중	

이 목록을 바탕으로 하나하나 진행해나가면 된다.

인터뷰이 찾기는 인터뷰의 성공 여부를 가늠하는 첫 번째 핵심 요소이므로 세심하게 신경 써야 한다. 인터뷰이를 정할 때는 우선 그 사건(일)과 직접 관련 있는 핵심 당사자를 대상자로 삼는다. 만약 핵심 당사자와 인터뷰가 어렵다면 그 중요도에 따라 다른 관련자들을 찾아 나가면 된다. 그래도 없으면 제삼자라도 그 사건에 대해 증언해줄 수 있는 사람을 찾는다.

인터뷰이가 결정되면 인터뷰어(나)는 본격적인 인터뷰에 나선다. 이때 인터뷰이가 아무리 친한 친구라 하더라도 사전에 시간과 장소를 정하는 등 제대로 '인터뷰 섭외'를 해야 한다. 친구와 인터뷰를 할 때 흔히 범하는 실수가 인터뷰 목적을 밝히지 않은 채 원하는 정보만 얻으려고 하는 것이다. 거창하게 인터뷰니 뭐니 하는 것이 쑥스럽다는 이유로, 술이나 한잔 하자는 식으로 평소 약속 잡듯이 하고서 만나는 경우가 있다. 하지만 이렇게 되면 이야기는 자꾸 옆길로 새고 회포를 푸는 사이 만남의 목적이 실종되기 쉽다. 그래서 가능하면 술 마시면서 하는 인터뷰는 지양하는 것이 좋다.

기자들 인터뷰 요령에 교과서처럼 언급되는 '3W'란 게 있다. 누구(Who)와 언제(When), 어디(Where)에서 인터뷰를 할 것인가 하는 문제이다. 인터뷰이가 사건의 핵심을 증언해줄 사람인가, 인터뷰이를 가능한 시간에 만날 수 있는가, 미묘한 얘기도 해줄 수 있는 장소인가 하는 점이 인터뷰의 성공 여부를 담보한다는 것이다. 그런 점에서도 공과 사를 구분 못 하는 인터뷰의 결과는 불을 보듯 뻔하다.

인터뷰를 하기 전에 미리 질문지를 작성하는 것도 잊지 말아야 한다. 혹자는 굳이 질문지까지 작성할 것 있느냐, 만나서 이야기하다 보면 할 이야기는 다 나오지 않겠느냐고 할지 모른다. 하지만 이런 방식은 효율성이 떨어진다. 들을 때는 이야기에 몰두해서 모르지만, 헤어지고 나면 빼먹고 묻지 않은 내용이 반드시 떠오르기 마련이다.

또한 질문지 사전 작성은 미리 준비한다는 차원에서도 중요하다. 질문지를 준비하다보면 내가 미리 그 주제에 대해 생각을 많이 하게 되어 더 깊은 대화가 가능하기 때문이다.

인터뷰이와 서로 시간이 맞지 않을 경우엔 무리해서 대면 인터뷰를 추진할 필요는 없다. 직접 만나지 않고도 인터뷰할 수 있는 방법은 많이 있다. 가장 흔한 방법 중 하나가 전화 인터뷰이다. 말을 주고받는 수단이 전화인 것뿐이지 대면 인터뷰와 크게 다르지 않다. 이메일을 활용하는 것도 좋은 방법이다.

인터뷰 요령

대면 인터뷰를 진행할 때는 녹음과 메모가 필수다. 특히 녹음은 반드시 하기를 권한다. 십수 년 경력의 기자도 인터뷰이의 말을 다 받아쓰기는 힘들다. 그러니 기껏 인터뷰한 것이 허사가 되지 않도록, 또 인터뷰 내용을 빠뜨리지 않고 기록한다는 차원에서 스마트폰 앱 등으로 녹음하도록 하자.

메모 역시 인터뷰하는 동안 최대한 할 수 있는 만큼 한다. 다 받아쓰지는 못하더라도 중요한 키워드라도 적어놓으면 인터뷰 후 녹취 작업을 할 때 매우 유용하다. 녹취 작업은 시간이 많이 걸리기 마련인데, 메모 내용과 비교하면서 필요한 부분을 중심으로 받아쓰기를 하면 모든 인터뷰를 녹취하지 않고도 필요한 자료를 얻을 수 있어 효율적이다.

녹음할 때는 반드시 인터뷰이에게 허락을 구해야 한다. 아무리 친한 사이라도 꼭 알리고 녹음 버튼을 누른다. 또한, 간혹 녹음을 꺼리는 인터뷰이가 있다. 얘기는 해줄 수 있지만 녹음은 안 된다고 하는 경우이다. 이럴 때는 인터뷰를 천천히 진행하면서 최대한 꼼꼼히 메모하는 수밖에 없다. 대신 인터뷰를 마무리할 때 메모한 내용에 대해 인터뷰이에게 다시 한 번 확인하는 절차를 가지는 것이 좋다.

인터뷰 진행에는 특별히 정해진 방법이나 격식은 없다. 나와 상대방의 관계에 따라, 인터뷰의 내용에 따라 어울리는 방법으로 하면 된다.

인터뷰를 위해 서로 마주하고 자리하면, 아무리 친한 사이라도 어색하다. 그래서 앉자마자 바로 인터뷰를 진행하지 말고 가벼운 잡담으로 긴장을 푸는 것이 좋다. 다만 잡담을 너무 길게 주고받다 보면 주제가 실종되고 대화 시간이 모자랄 수도 있으므로 적당히 시간 안배에 신경을 써야 한다.

처음에는 자서전을 쓰게 된 동기와 자서전에 쓸 내용에 대해 간략하게 설명한다. 그러면서 오늘 인터뷰에서 얻고 싶은 정보가 무엇인지를 얘기하다 보면 화제가 자연스럽게 본론으로 전환된다. 이 과정은 인터뷰이가 마음의 준비를 하도록 유도하는 효과를 줄 수 있다.

그런 다음 내 기억만으로 부족하니 도움을 주면 고맙겠다고 부탁하면서 오늘 주제를 꺼낸다. 이쯤 되면 분위기도 어느 정도 무르익어 서로 무장이 적당히 해제된 상황이고, 인터뷰이의 입에서 자연스럽게 이야기가 술술 나온다. 이때 인터뷰어는 인터뷰이가 이야기를 잘하도록 적당히 추임새를 넣으면서 경청한다. 지금 당신의 말을 흥미진진하게 듣고 있다는 믿음을 주는 것이 중요하다. 인터뷰이가 혼자 얘기하도록 놔두면 지칠 수도 있으므로 적당한 타이밍에 그가 한 말을 간단하게 리뷰하고 불명확한 것을 확인하면서 다음 이야기를 하도록 유도하는 것이 좋다. 또 얘기하다 보면 곁길로 새기 쉬운데, 이럴 때 본 주제를 상기시키면서 제자리로 돌아오도록 유도하는 역할도 해야 한다.

인터뷰어가 불필요하게 말을 많이 하는 것은 좋지 않다. 인터뷰어가 대화를 주도해버리면 인터뷰이가 하고 싶은 말을 다 하지 않는 경향이 있다. 상대가 편안하게 하고 싶은 말을 다 하도록 배려하는 것이 인터뷰 성공을 담보하는 두 번째 핵심 요소이다.

인터뷰이의 진술이 내 생각과 다르거나 조사한 사실과 어긋나면 어떻게 해야 할까. 아마 이것이 인터뷰에서 가장 어려운 부분이 아닐까 싶다. 내 경험에 의하면 이럴 때 곧바로 말을 자르고 들어가 반박하거나 잘못을 바로잡으려 하면 인터뷰이의 의욕이 꺾이고, 심하면 싸움으로 발전한다. 따라서 일단 인터뷰이의 이야기를 끝까지 다 들어야 한다. 인터뷰이가 해당 화제에 대해 하고 싶은 말을 다 한 다음에 조심스럽게 내용을 재확인하는데, 이때 상대에게 반박하거나 무엇이 사실이라고 단정하는 말투를 쓰지 말고, 다른 각도를 제시하면서 인터뷰이에게 다시 한 번 질문하는 형태로 얘기를 건넨다. 그러면 상대는 기존 주장을 반복할 수도 있고 내 지적에 수긍할 수도 있다. 그렇지만 인터뷰이가 그 문제를 더 이상 거론하기 싫어하거나 자신의 주장을 굽히지 않는다면 너무 무리해서 결론을 도출하려고 하지 말아야 한다. 내 필요에 의해 만든 인터뷰 자리에서 끝장 토론을 벌이기라도 하면 그 전후의 증언이 물거품이 되는 것은 물론이거니와 인터뷰이와 관계를 상하게 할 수도 있다. 물론 문제의 화제에 대해서는 인터뷰를 하면서든, 나중이든 가급적 명쾌하게 정리를 해둘 필요는 있다. 가능하면 시간을 두고 서로 그 일을 되돌아본 다음에 조심스럽게 다시 의견을 나누는 것이 좋다. 그러면 대부분 웃는 낯으로 진실을 도출해 낼 수 있다.

인터뷰이가 다소 꺼리는 주제를 다룰 때는 여러 가지로 부담스럽다. 이야기하지 않으려는 인터뷰이와 꼭 들어야 하는 인터뷰어

사이에 묘한 긴장감이 흐르기 때문이다. 이럴 때는 우선 서두르지 말라고 조언하고 싶다. 상대가 이야기하기를 꺼리는 것이 분명한데도 계속 다그치면 그나마 갖고 있던 말하려는 마음마저 사라질 수 있기 때문이다. 다른 주제로 넘어가면서 중간에 자연스럽게 다시 한 번 시도해보고, 여전히 마음이 닫혀 있다면 이번에는 단념하고 다음을 기약하는 것이 좋다. 이후·여러 차례 시도해보고 그래도 여의치 않으면 다른 증인을 찾아서 먼저 들어보고 나서 나중에 확인하거나, 끝까지 만나기 어렵다면 자서전을 쓸 때 아예 미확인이라는 사실을 밝히고 쓰면 된다. 물론 안 써도 그만이다. 내가 잘 알고 쓰고 싶은 것을 쓰는 것이 자서전이지, 확인할 수 없고 잘 쓸 수 없는 것을 쓰는 것이 아니지 않은가. 물론 그래서 자서전을 믿기 어렵다고 할는지 모르는데, 빼는 것과 사실을 왜곡하는 것은 다른 차원의 문제다.

그렇게 해서 인터뷰를 진행하다 약속된 시간이 되면 마무리를 하는데, 이때 꼭 한 가지 해야 할 일이 있다. 지금까지 인터뷰는 인터뷰어가 질문한 내용을 중심으로 진행됐다. 따라서 인터뷰이의 입장에서 하고 싶은 얘기를 다 못하는 경우가 많다. 그러므로 마지막으로 인터뷰이가 꼭 하고 싶은 말이나 추가하고 싶은 내용이 있는지를 확인한다. 그래야 균형 잡힌 시각에서 증언이나 기억을 복원할 수 있기 때문이다.

인터뷰 후 정리

　인터뷰를 하는 것은 자서전을 집필할 때 활용하기 위함이다. 그래서 인터뷰를 마치고 나면 그 인터뷰 내용을 집필에 활용할 수 있도록 정리해야 한다. 정리하지 않은 인터뷰는 잊힌 기억들을 일부 되살리는 효과는 있을지 모르지만 별 의미가 없다. 또한, 인터뷰 횟수가 쌓이면 나중에 정리하는 데만도 엄청난 시간과 에너지가 소모된다. 그래서 인터뷰가 끝난 직후에 곧바로 정리하는 것이 좋다. 인터뷰할 때의 생생한 기억들이 머릿속에 남아있어 훨씬 짧은 시간에 효율적으로 정리할 수 있기 때문이다.

　그럼 인터뷰 후 인터뷰 정리는 어떻게 하는 것이 효율적인지 알아보자.

　인터뷰 정리는 녹음한 내용을 녹취하는 것으로 시작한다. 녹취(錄取)란 녹음된 음성을 재생하면서 대화 내용 그대로를 문자로 받아 적은 것이다.

　녹취를 위한 특별한 준비는 필요 없다. 받아 적을 종이와 필기구만 있으면 된다. 다만 생각보다 시간이 많이 소요된다는 점을 미리 각오하는 것이 좋다. 하나하나 받아 적다 보니 실제 인터뷰한 시간보다 당연히 많이 걸리는데, 내 경험에 의하면 최소한 실제 인터뷰한 시간의 서너 배 이상 걸린다. 1시간 분량의 인터뷰 파일을 녹취하는 데 온종일 걸렸다고 말하는 사람도 있다. 말하는 속도를 따라

잡기가 어렵기도 하거니와 잘 들리지 않을 때도 있어 반복 재생해 가며 받아 적어야 하기 때문이다.

이렇게 녹취가 끝나면 원본 녹취파일은 따로 보존해 두고 복사한 파일로 2차 정리 작업을 진행한다. 녹취 속에 그대로 기록돼 있는 추임새나 불필요한 말 등을 제거하는 한편 비문을 비롯한 문장의 오류들을 바로잡는 작업이다.

녹취를 정리하면 실제 남는 필요한 자료는 얼마 안 된다. 인터뷰라는 게 꼭 필요한 질문과 답변을 교과서식으로만 주고받는 것이 아니다. 특히 뉴스 인터뷰가 아닌 자서전을 위한 지인과의 인터뷰는 일상적 대화와 크게 다르지 않다. 그러다 보니 주제를 벗어난 여담, 횡설수설, 장광설, 주변 맴돌기 등 불필요한 말들이 많이 오가게 마련이다. 이런 본질에서 벗어난 것들을 제거하고, 또 문맥을 다듬어야 한다.

녹취를 마치면 마지막으로 중요한 마지막 한 단계가 더 남아있다. 이 작업까지 해놓아야 실제 집필할 때 요모조모로 쓸모 있게 활용할 수 있다. 바로 '인터뷰 재구성 및 재해석 작업'이 그것이다.

실제 인터뷰는 미리 질문 순서를 준비했다고 하더라도 그대로 진행되지도 않을 뿐더러 기승전결로 진행되지도 않는다. 이 때문에 인터뷰 내용은 두서가 없는 경우가 많다. 또한, 인터뷰이의 증언이 인터뷰어인 내 생각과 일치하지 않는 경우도 많다. 따라서 이 인터뷰를 실제 집필에서 활용할 수 있도록 사건을 재구성하는 한편

해석도 지금 나의 관점에서 다시 해놓아야 한다.

사건을 재구성할 때 내 기억에도 그대로 남아있는 경우는 상관이 없지만 내가 전혀 기억하지 못하는 경우엔 그 증언을 해준 사람을 꼭 밝히는 것이 좋다. 집필할 때 증언자를 밝힐 것인지 여부는 그때 결정하면 되는데, 일단 자료 단계에서는 밝혀 놓는 것이 필요하다.

집필할 때 참고하기 좋은 방식은 사건(일)별 자료 카드 방식으로 정리하는 것이다. 정리할 때는 한 가지 주제씩 따로따로 정리하는 것이 좋다. 또 가능하면 사건의 발단에서 전개, 절정, 결말에 이르는 과정을 기승전결의 형식으로 구성하는 것이 좋다.

그리고 정리를 하고 난 후, 가능하다면 나의 코멘트를 달아놓는 것도 좋다. 《조선왕조실록》을 보면 사건의 경위를 담은 기록 끝에 사관의 견해(史官曰)를 적어 놓곤 했다. 중국의 《자치통감》에서도 저자 사마광(司馬光)이 주요 사건 말미엔 "신 사마광이 아룁니다(臣光曰)."라며 자신의 견해를 달아놓았다. 이처럼 인터뷰를 통해 재구성된 사건에 대해 자신의 생각을 달아놓으면 나중에 집필할 때 요긴하게 활용할 수 있다.

현장 답사

자서전을 집필하다 보면 주인공인 내가 활동한 공간 묘사가 필요한 경우가 많다. 기억에만 의존하여 공간적 배경을 묘사하는 데는 한계가 있고 현실성도 떨어지기 마련이다. 그래서 직접 현장을 답사하여 그 모습을 스케치할 필요가 있다. 또한, 어린 시절에 생활했거나 관련 있는 기억 속의 공간과, 지금 다시 찾아가 마주한 현실 속의 공간 사이의 비슷한 점과 다른 점을 분명하게 인식하는 것이 중요하다.

가령 태어난 고향이라 할지라도 어렸을 때 갖고 있던 공간성과 수십 년이 지난 지금 찾아가서 바라보는 공간성 사이에는 현격한 차이가 있다. 집에서 바라다보이는 앞산이 어렸을 때는 꽤 높았던 것으로 기억하는데 커서 보니 야트막한 언덕에 불과했던 적이 있을 것이다. 당시 어린아이였을 때와 지금의 눈높이도 다르고, 그보다 훨씬 더 높은 산들도 수없이 봐왔기 때문에 무의식중에 앞산이 상대적으로 낮게 보이는 것이다. 또 그곳에 있던 다양한 상징건물도 지금은 어떻게 변했는지 체크해야 한다. 길이나 논밭과 같은 지형도 세월이 흐른 만큼 변화가 컸을 것이다. 이런 내용도 꼼꼼히 취재해야 한다.

현장 답사의 생명은 현장을 직접 찾아가서 이곳저곳을 자세하게 조사하는 것인데, 기억과 메모도 한계가 있을 수 있다. 따라서 반드시 카메라나 스마트폰으로 구석구석을 사진으로 찍어놓아야 한다. 그리고 가능하다면 답사 현장에서, 그곳에서 오래 산 사람을 만나 마을의 변화에 관해 이야기를 듣고 메모해 놓아야 한다. 아울러 나

또는 집안에 대한 지역 사람들의 기억을 수집해야 한다. 현장 답사라고 해서 흔히 사진만 찍는 것으로 생각하기 쉬운데, 반드시 현장 사람들과 간이 인터뷰를 해두는 것이 좋다.

자서전을 풍성하게 가꿔주는 기억 씨앗들

살아온 내용을 오롯이 기억하는 것에는 한계가 있다. 그래서 사람들을 만나 이야기를 듣고 살던 곳을 찾아가 현장을 취재하기도 한다. 그렇지만 우리의 기억은 특정한 사건이나 단어를 만나면 불쑥 되살아나는 경우가 허다하다. 그래서 여기서는 잊힌 기억들을 되살려줄 수 있는 '기억 씨앗'들을 정리했다. 아래 정리한 문항들에 대한 대답을 기록해보자.

이 문항들은 자서전을 쓰는 데 있어서 일반적으로 필요한 것들로 구성했다. 여기에 제시한 문항과 관련한 기억만 떠올려도 자서전 쓰기에 필요한 자료의 절반 이상은 준비하는 셈이다.

사람에 따라서는 특별히 기억나는 것이 없거나 나와 상관없는 문항도 있을 것이다. 그럴 때는 부담 없이 무시하면 된다. 또 답변을 하다 보면 문항에는 없지만 내게 중요한 일도 여러 가지 떠오를 것이다. 즉석에서 문항을 추가해가면서 자유롭게 기억 씨앗을 쌓아가도록 하자.

부모님과 집안

- 아버지와 어머니
- 친가의 내력(가계도 그리기, 부모님이나 집안 어른들에게 상세한 내용 여쭈어보기)
- 할아버지와 할머니
- 외가의 내력
- 외할아버지와 외할머니
- 형제자매와 친척들(삼촌, 고모, 이모 등)
- 가훈
- 생년월일(당일의 날씨)
- 태몽
- 가족들의 반응
- 고향(태어난 마을)

어린 시절(초등학교 들어가기 전까지)

- 어릴 적 살았던 마을과 집
- 가장 어릴 적 기억
- 어릴 적 함께 놀던 친구, 즐겼던 놀이
- 어릴 적 별명
- 명절 쇠기
- 가족, 친척들과 있었던 에피소드

- 어릴 적 집안에서의 역할
- 유치원(유치원에서 겪었던 에피소드)
- 가장 슬펐던 일
- 가장 기뻤던 일
- 이외 기억나는 일

학창시절(초등학교~고등학교)

초등학교

- 초등학교 입학(언제 어느 학교, 입학식 풍경)
- 초등학교 현황(역사와 전통, 배출 유명 동문, 학교 건물 배치와 상태 등)
- 친구 관계
- 관심사
- 특기(글쓰기, 그림, 붓글씨 등 실기대회 참가 경험 등)
- 초등학생 시절 겪었던 여러 에피소드
- 등하굣길에 얽힌 추억
- 소풍과 수학여행에 대한 추억
- 부모님 직업
- 집안 분위기(식사시간, 가족여행, 휴일 나들이 등)
- 명절 쇠기
- 처음 가진 장래희망
- 가장 기뻤던 일

- 가장 슬펐던 일

- 내 인생에 영향을 준 최고, 최악의 사건

- 지금도 기억하고 있는 초등학교 선생님

- 중학교 진학을 위한 준비

- 졸업식 풍경

- 초등학교 시절이 내 삶에서 갖는 의미

- 전학 경험이 있으면 전학에 대한 기억(전학 간 이유, 학교생활 등)

- 이외 기억나는 일

중학교

- 중학교 입학(언제 어느 학교, 입학식 풍경)

- 중학교 현황(역사와 전통, 배출 유명 동문, 학교 건물 배치와 상태 등)

- 친구 관계

- 중학교 시절 관심사

- 중학교 시절 특기(글쓰기, 그림, 붓글씨 등 실기대회 참가 경험 등)

- 중학교 시절 기억나는 여러 에피소드

- 등하굣길에 얽힌 추억

- 소풍과 수학여행에 대한 추억

- 부모님 직업

- 집안 분위기(식사시간, 가족여행, 휴일 나들이 등)

- 명절 쇠기

- 꿈과 꿈을 이루기 위한 노력
- 가장 기뻤던 일
- 가장 슬펐던 일
- 내 인생에 영향을 준 최고, 최악의 사건
- 지금도 기억하는 중학교 선생님
- 고등학교 진학을 위한 준비
- 졸업식 풍경
- 중학교 시절이 내 삶에서 갖는 의미
- 전학 경험이 있으면 전학에 대한 기억(전학 간 이유, 학교생활 등)

고등학교

- 고등학교 입학(언제 어느 학교, 입학식 풍경)
- 고등학교 현황(역사와 전통, 배출 유명 동문, 학교 건물 배치와 상태 등)
- 친구 관계
- 고등학교 시절 관심사
- 고등학교 시절 특기(글쓰기, 그림, 붓글씨 등 실기대회 참가 경험 등)
- 동아리 활동
- 고등학교 시절 기억나는 에피소드
- 등하굣길에 얽힌 추억
- 소풍과 수학여행에 대한 추억
- 부모님 직업

- 집안 분위기(식사시간, 가족여행, 휴일 나들이 등)
- 명절 쇠기
- 꿈과 꿈을 이루기 위한 노력
- 가장 기뻤던 일
- 가장 슬펐던 일
- 내 인생에 영향을 준 최고, 최악의 사건
- 지금도 기억하는 고등학교 선생님
- 대학 진학을 위한 준비
- 고3 생활
- 예비고사(수능) 치르던 일
- 대학 본고사 치르던 일(학교, 학과 선택에서 원서접수, 시험, 발표)
- 재수했다면 재수 시절
- 졸업식 풍경
- 고등학교 시절이 내 삶에서 갖는 의미

대학 시절(대학에 진학한 경우)

- 대학 입학식 풍경
- 전공(선택 이유, 하고 싶었던 전공 등)
- 대학생 된 소감
- 대학생활(대학 입학 후 고교 시절 그리던 것과 다른 점 등)
- 사회 문제에 대한 관심과 참여

- 교양 과정에 대한 단상
- 전공 선택에 대한 생각
- 친구 관계
- 대학 시절 살던 집(집, 하숙, 자취, 기숙사 등)
- 동아리 활동
- 학교 밖 활동
- 아르바이트
- 최악, 최고의 일
- 가장 큰 고민
- 대학 시절 갖고 싶었던 직업과 이를 위한 노력
- 취미와 즐겼던 신변잡기
- 즐겨 들었던 음악
- 전공 이외 즐겨 읽었던 책
- 기억하는 교수
- 기억에 남는 선배, 후배
- (남자의 경우) 군대 생활
- 취업준비
- 부모님의 기대

직장생활
- 첫 직장을 선택한 이유

- 첫 출근 소감
- 직장생활의 상상과 현실
- 직장 상사나 후배와의 관계
- 직장생활에서 최악, 최고의 사건
- 전직을 위한 준비와 노력
- 직장과 직업의 본질적 의미
- 근무했던 직장
- 퇴직
- 직장이나 직업이 내 인생에 주는 의미
- 사업했다면 사업의 시작과 현재 상황까지 전말

기타

- 시절마다 나에게 가장 중요했던 일
- 부모님이 늘 강조한 당부의 말씀
- 존경했던 사람, 역할 모형

결혼과 가정생활

- 배우자는 어떤 사람
- 연애 과정
- 결혼하게 된 결정적인 이유와 프러포즈
- 결혼식 과정과 신혼여행

- 배우자의 부모와 집안, 형제자매
- 신혼집
- 가장 힘들었던 일과 가장 기뻤던 일
- 가정생활 중 기억나는 에피소드.
- 부부싸움
- 경제적 상황
- 가정생활의 원칙(가훈)
- 어렸을 때 꿈꾸었던 가정과 실제 꾸린 가정의 차이
- 하지 말았으면 좋았을 일
- 배우자는 나를 어떻게 행복하게(슬프게) 했는가?
- 배우자가 변했으면 하는 것
- 자녀들과의 관계
- 바람직한 결혼생활

자녀

- 결혼할 때의 자녀 계획과 실제 자녀 수
- 임신에서 출산까지의 과정
- 아이 출산 당시의 이야기.
- 아이들 이름은 누가 어떤 의미를 담아 지었는가?
- 육아는 어떻게 분담했는가?
- 나의 육아관과 배우자의 육아관은 무엇이며, 다른 점은 어떻게

절충했는가?

- 아이에게서 깜짝 놀랐던 일
- 아이들에게 해주지 못했던 일과 미안했던 일
- 가족과 함께 쌓은 추억(가족여행, 나들이 등).

중년 생활

- 중년을 맞았던 소감
- 가장 기억에 남는 일과 기억하기 싫은 일
- 가정상황
- 가장 힘들었던 일과 좋았던 일

노년

- 내가 노인이 된 것을 언제 어떻게 인정했는지
- 인정하고 난 후의 느낌
- 손자 손녀 이야기
- 배우자와의 관계
- 경제 상황
- 하고 싶은 일

이혼했다면

- 이혼 이유와 과정(제일 나은 선택이었는지)

- 이혼의 가장 큰 걸림돌
- 이혼 후 결과
- 재혼은 했는가, 했다면 그 과정
- 재혼생활

사별했다면

- 언제 어떻게 사별했는가?
- 슬픔은 어땠고, 어떻게 극복했는가?
- 배우자가 남긴 유언, 유품, 간직하고 싶은 말이나 행동은 무엇인가?
- 만약 배우자가 살아 돌아온다면 어떤 말을 해주고 싶은지, 어떻게 해주고 싶은가?
- 내게 있어 사별한 배우자의 의미는?

은(명)퇴와 그 후 생활

- 퇴직한 후 첫날의 느낌(그날 일과를 서술).
- 배우자와 가족과의 관계 재설정
- 생계유지 방법
- 하고 싶은 일
- 다시 태어나면 어떤 사람이 되고 싶은가?

기타

- 가장 감명 깊게 읽었던 책
- 가장 감명 깊었던 여행
- 꼭 하고 싶었던 일
- 꼭 피하고 싶었던 일
- 후회되는 일
- 배우자 이외 사람과의 연애경험
- 중요한 인간관계
- 롤모델

제2부

자서전
집필의 실제

Class 08

집필하기

프롤로그 쓰기

기획과 자료 조사까지 마쳤으니 드디어 집필 차례다. 지금까지 찾아 모으고, 취재하고, 인터뷰한 후 깔끔하게 정리까지 해놓은 모든 자료가 이제 자리를 찾아갈 시간이다.

집필을 할 때는 일단 되도록 고치지 말고 앞으로 나아가기를 권한다. 고칠수록 글이 좋아지는 것은 분명한 사실이지만, 계속 고치고 있노라면 진도는 나가지 않고 한 곳에 머물게 되기 때문이다. 우리는 갈 길이 멀다. 인생 전반을 모두 써야 한다. 출생이나 어린 시절 부분에 한없이 머물 수는 없다.

글을 한 꼭지 한 꼭지 써나가다 보면 실력도 안목도 좋아져서 앞서 쓴 글이 눈에 차지 않을 확률이 높다. 하지만 불만스럽더라도 뒤돌아보지 않고 진도를 나가야 한다. 완주에 방점을 찍고 일단 끝까지 쓴 후, 그때까지 닦인 실력을 바탕으로 한꺼번에 수정하는 것이 훨씬 좋은 결과로 이어진다.

이 점을 염두에 두고 실제 집필을 시작해보자. 첫 번째 꼭지는 프롤로그 쓰기이다.

자서전만이 아니라 대부분의 책에는 서문에 해당하는 프롤로그(prologue)가 있다. 이 서문은 이제부터 우리가 집필할 자서전의 방향을 알려주는 나침반 역할을 한다. 따라서 본문 집필을 시작하기 전에 프롤로그 쓰기에 대해 먼저 알아보자.

프롤로그는 '서문'이란 말로도 쓰이는 글의 '도입부'이다. 애초에는 소설이나 음악과 같은 장르에서 사용되던 용어였다. "연극을 개막하기에 앞서 하는 작품의 내용이나 작자의 의도 등에 관한 해설" 또는 "서사(序詞)·서막(序幕)·서시(序詩)"라고 사전에서 풀이하고 있다. 그런데 요즘엔 에세이나 교양서 등에서도 흔히 사용되는 등 그의미가 확대됐다. 책의 서문은 본문이 시작되기 바로 전에 '프롤로그' 또는 '들어가며'와 같은 제목을 달고 자리 잡는 것이 대부분인데, 통상 책을 쓰게 된 동기나 기획 의도, 나아가 책 내용을 개괄한다. 소설에서는 앞으로 전개될 이야기를 살짝 보여주거나, 극적인 장면을 제시하여 독자들의 관심을 끄는 데 활용하기도 한다. 이제 프롤로그라는 용어는 다양한 장르의 도서에서 다양한 역할을 하며 널리 쓰이고 있다.

자서전의 프롤로그 역시 내가 쓰고자 하는 자서전에 맞게 다양한 내용을 담을 수 있다. 일반적으로는 이 자서전을 쓰는 동기와 배경에 대한 설명, 앞으로 본문에서 다룰 내용이 무엇인지를 간략하게 제시하는 역할을 한다.

프롤로그(서문)에서 다룰 것들

- 자서전을 쓰게 된 동기와 배경
- 자서전을 통해 전하고자 하는 메시지
- 취재, 집필 중 기억에 남는 에피소드
- 어려웠던 점과 즐거웠던 점
- 독자에게 하고 싶은 말
- 감사 인사를 전할 대상과 인사말

위와 같은 내용은 처음 자서전을 쓰기로 결심했을 때, 그리고 자서전을 준비하고 집필하는 과정에서 직접 생각하고 정리한 내용이므로 특별히 자료가 필요 없다. 먼저 내 생각을 메모하여 잘 정리해보자.

 메모 예시

- 몇 년 전부터 독서 취미가 생김.

- 독서 덕에 친구, 가족과 화제가 많아져서 더 열심히 읽음.
- 독서 취미 덕택에 자서전을 쓰겠다는 결심을 하게 됨.
- 자서전에 관심이 생긴 것은 《프랭클린 자서전》을 읽은 것이 계기.
- 벤자민 프랭클린은 말년이 아닌 중년 시절에 자서전을 씀.
- 자서전을 통해 아들에게 삶의 지혜를 전했다고 함.
- 나도 평소 두 딸에게 해주고 싶었던 이야기를 글로 쓰고 싶다는 생각이 듦.
- 가족 외식 자리에서 작은딸의 "엄마 아빠는 어떻게 살았어?" 란 질문에 자서전으로 써서 주겠다고 약속함.
- 이왕지사 쓰면서 내 삶을 중간결산하는 의미.
- 아울러 곧 시작하게 될 후반기 삶을 설계하기 위한 자기 발견.
- 태어나서 지금까지 내가 살아온 이야기를 진실하게 쓰고 싶음.
- 자서전을 통해 나와 독자 양쪽 다 삶을 성찰하는 계기가 되었으면 함.

메모한 내용을 글로 옮길 때는 가능하면 살을 붙이는 것이 좋다. 아무것이나 분량을 늘리면 좋다는 것은 아니다. 메모의 내용을 읽는 사람이 궁금한 점 없이 더 잘 이해할 수 있도록 도와주는 내용을 덧붙인다. 예를 들어 "독서 덕택에 친구, 가족과 대화할 화제가 많아졌다."라는 메모에는 설명되지 않은 상황이 많이 있다. 술자리,

식사 때 등 언제 어떤 상황에서 대화를 하나? 전에는 왜 화제가 없었나? 독서 화제에 대한 사람들의 반응은 어땠나? 이런 앞뒤 디테일을 잘 설명하면 독서가 나에게 어떤 의미인지, 어떻게 독서가 자서전 쓰기의 결심으로 이어졌는지 등을 읽는 이가 쉽게 이해할 수 있다.

또한 꼭 메모 내용을 전부 그대로 옮기려고 할 필요는 없다. 흐름에 따라 메모에 없는 내용을 넣을 수도 있고, 메모에 넣은 내용이지만 쓰다 보니 마땅히 들어갈 곳이 없어 뺄 수도 있다. 글의 흐름 역시 메모 순서에 구애되지 말고 자연스럽게 이야기하듯이 써나가면 된다.

마지막으로 프롤로그는 책의 가장 맨 앞에 오는 글이지만, 사실 가장 먼저 써야 한다는 법은 없다. 자서전을 탈고한 다음 마무리로 서문을 쓰는 경우도 흔하다. 서문 쓰기가 막연하다는 생각이 들면, 메모로 개요만 잡아두고 본문 쓰기부터 들어가는 것도 방법이다. 자서전의 의미를 실감한 다음 글을 쓰면 더욱 좋은 글이 나올 것이다.

본문 예시

나는 친구들과 술자리를 할 때 말을 많이 하는 편이 아니다. 내세울 자랑거리도 없고, 특별히 욕하고 싶은 사람도 없으니 술이 몇 순배 돌도록 한쪽 구석에서 잔만 비운다. 친구가 넌 왜 한마디도 안 하느냐고 추궁하면 할 이야기가 없어서 곤란했던 적이 한두 번이 아니었다. 그런데 몇 년 전부터 독서 취미가 생겨 내게도 화젯거리가 늘어났다. 최근 세상 돌아가는 이야기와 평소 읽은 책을 연결해서 이야기하면 친구들은 "고상한 척 한다."고 놀리면서도 귀를 기울여준다.

그리고 이 '고상한 척'이 가져다준 의외의 선물이 또 있다. 내게 자서전을 써보도록 부추긴 것이다. 지난해 가을쯤, 다른 친구에게 추천을 받아《프랭클린 자서전》을 읽었다. 이 책은 나의 독서 취향을 바꿀 만큼 재미있었다. 한동안 읽은 책 목록 대부분을 자서전이 차지할 정도였다.

《프랭클린 자서전》에서 특히 나의 관심을 끈 것은 "나의 사랑하는 아들아!"로 시작하는 첫 부분이었다. 자식들에게 들려주고 싶은 이야기나 살아온 이야기를 글로 써준다는 것이 참 멋있고 의미 있는 일이라는 생각이 들었다. 이 자서전은 프랭클린이 오십대 중반에 인생의 중간결산 의미로 쓴 책이었다. 자서전은 명사가 죽음을 앞두고 삶을 회고하며 쓰는 것이라는 선입관이 있었는데, 그렇지 않다는 것을 알았다.

그때부터 나도 자서전을 써보면 어떨까 하는 생각이 있었다. 평소 두 딸에게 해주고 싶은 말이 있어도 공연히 잔소리하는 것처럼 들릴까 봐 하지 못했다. 글로 써서 주면 나도 하고 싶은 말을 잘 할 수 있고 딸들도 오해 없이 내 마음을 알아주지 않을까 싶었다.

생각만 하던 것을 결심에 쐐기를 박은 것은 방학차 귀국한 두 딸과 모처럼 가졌던 가족 외식 자리에서 나온 둘째 딸의 질문이었다. "엄마 아빠는 어떻게 살았어?"라고 묻는 말에 나도 모르게 "자서전을 써서 줄 테니 읽어 보렴!"하고 대답한 것이다.

내가 자서전을 쓴다고 하니까 아내와 두 딸의 반응은 사뭇 달랐다. 아내는 무슨 거창한 삶을 살았다고 자서전씩이나 쓰려고 하느냐고 했지만, 두 딸은 반밖에 모르는 아빠의 삶을 제대로 알 기회이므로 꼭 써야 한다며 찬성했다. 딸의 반응을 보니 용기가 생겼다. 내세울 만한 업적은 없는 인생이지만, 두 딸의 지지를 얻어 자서전 쓰기에 도전하련다.

이 자서전에는 내가 태어나서부터 지금까지 살아온 삶의 궤적을 담으려고 한다. 어떤 집에서 태어나 어떤 아이로 자랐고, 또 학창 시절은 어떻게 보냈는지, 대학에서 왜 경제학을 공부했는지, 졸업 후에는 어떻게 복사기 회사에 다니면서 영업을 하게 되었는지, 또 영업자로 성공했던 이야기 등을 더듬어볼 참이다. 또 아내를 어떻게 만나 결혼에 이르게 되었는지, 아이들을 낳고 기르던 일, 아이들 유학 보내고 혼자 기러기아빠 생활하던 일 등도 쓸 참이다. 그러고 보니 할 얘기가 참 많다. 지금 봐서는 책 한 권은 족히 될 듯싶다. 열심히 내가 주인공으로 등장하는 내 이야기를 해보련다.

아울러 나는 이 작업을 통해 내가 누구인지도 제대로 알아볼 참이다. 내가 누구인지 잘 안다고 생각했는데, 자서전을 쓰려고 준비하는 과정에서 내가 나를 참 모른다는 사실을 절감했다. 이런 자기 인식은 곧 시작하게 될 나의 새로운 삶을 설계하기 위한 밑바탕이 되리라.

나의 자서전을 읽게 될 독자들이 이런 삶도 있다는 걸 간접적으로 경험하면서 자신의 삶을 성찰해보는 계기가 되길 기대한다. 나의 삶에서 정면교사로, 나쁜 일은 반면교사로 삼아 독자가 앞으로의 삶을 사는데 작은 등불을 삼아준다면 더없는 영광이겠다. 자, 그럼 내가 누구인지 탐구여행을 떠나보겠다.

나열식 정보가 많은 내용 서술하기

자서전 집필 중에 흔히 부딪히는 문제는 한꺼번에 많은 배경 지식을 전달해야 한다는 것이다. 나의 대학 입학 이야기를 쓴다고 하자. 입학 그 자체만으로도 쓸 것이 많은데 어느 지역의 무슨 대학에 들어갔는지, 학교에는 어떤 특색이 있고 왜 그 학교를 선택했는지, 전공은 어떤지 등등 설명해야 할 내용이 많다. 무엇을 어떤 순서로 이야기해야 할지 몰라 손이 멈추기 마련이다.

이런 측면에서 특히 어려운 것이 출생 장면 쓰기다. 100% 증언과 자료에 의지해서 써야 해서 더 어렵다. 태어날 때 일을 기억하는 사람은 없기 때문에, 아무리 자료와 증언을 많이 모았다고 해도 남의 일 쓰듯 어색할 수밖에 없다.

이럴 때는 조사한 그대로의 정보를 사실 중심으로 담백하게 나열하는 것으로 충분하다. 자료가 빈약하면 빈약한 대로, 풍성하면 풍성한 대로 쓰면 된다. 만일 출생한 곳에서 계속 살아 동네, 옛집에 대한 기억이 있다면 장소 묘사에 공을 들이는 것이 좋다.

🖊 메모 예시

- 1959년 1월 1일 강원도 행복군 성실면 전기리 11번지에서 태어났다.
- 서른 칸쯤 되는 ㅁ자형 기와집 뒷방에서 태어났다. 안마당과 바깥마당이 있고, 앞이 훤하게 내다보이는 탁 트인 전망을 가진 400여 년을 지켜온 터. 집 뒤엔 대나무 숲이 병풍처럼 둘러쳐 있어 담장 역할.
- 출생하던 날 아버지는 출타하고 없었고, 할머니 주도 아래 이웃에 사는 오촌 당숙모가 받았다 함.
- 아버지 김정민과 어머니 이영숙.
- 3남 1녀 중 둘째.
- 정확한 내용은 기록이 분실되어 알 수 없으나 할아버지가 사

주를 풀어보시고 집안에서 최고라며 매우 좋아했다는 얘기가 입으로 전해져 옴.

- 자손이 많은 편이었지만 할아버지는 나의 출생을 특히 기뻐하셨다 함. (아마도 셋째인 아버지가 할아버지를 극진히 모셨기 때문으로 보임. 장손인 큰아버지는 면장을 지냈지만, 농사일을 전혀 하지 않고 빈둥거리며 보냈고, 둘째 큰아버지는 노름으로 가산을 탕진하고 가족을 팽개치는 등 문제적 삶을 살았고, 바로 위 형의 한국전쟁 때 전사로 셋째가 된 아버지는 바깥출입을 하면 으레 귤이나 과자 같은 할아버지 간식거리를 사다 드렸으며, 항상 할아버지께 들른 다음에 집으로 옴.)

- 어머니는 양반가로 꼽히던 한국 이씨 가문의 2남 3녀 중 맏딸. 첫 아이가 늦어 집안 어른들이 심히 걱정을 하였는데, 결혼한 지 7년 만에 큰아들을 낳고 2년 뒤 둘째 아들을 낳음.

- 둘째인 나를 낳고 난 후 어머니는 비로소 시름을 덜었는지 옆에 누운 나를 빙긋이 웃으면서 바라보았다고 함(할머니 증언).

- 내가 태어난 마을은 행복 김씨 집성마을로 40여 호 중 30여 호가 대소가로 구성돼 있었고, 다른 성도 직간접적으로 우리 집과 관계되는 집.

- 16대조 할아버지가 조선 중종 때 기묘사화에 연루돼 멸문지족의 위기를 당하자 은둔, 낙향했다가 그 자리에 그냥 눌러 살았다 함.

- **1959년의 한국사 주요 연표**

- 3월 10일 제1회 노동절 기념식.

- 7월 31일 정치가 조봉암 사망.

- 9월 15일 태풍 사라 발생. 18일까지 지속되며 큰 피해를 냄.

● **1959년의 세계사 주요 연표**

- 8월 7일 미국 인공위성 익스플로러 6호, 우주에서 찍은 지구 사진 첫 전송.

- 8월 13일 일본과 조선민주주의인민공화국, 재일교포 북송 협정 조인.

- 8월 21일 하와이, 미국 50번째 주로 편입.

- 10월 4일 소련 우주선 루나 3호 발사(최초 달 뒷면을 촬영).

나열할 정보가 많은 글을 쓸 때는 메모 내용을 잘 정리하는 것이 핵심이다. 메모를 꺼내보면 내가 직접 기억하는 것은 없어도 내 출생과 관련된 자료들이 꽤 많을 것이다. 친가 가족들에 관한 이야기도 대부분 출생과 어린 시절 파트의 메모에 포함되어 있을 것이고, 나의 자료는 물론이거니와 나라 안팎의 역사적 자료까지도 망라되어 있을 것이다.

자. 이 메모를 토대로 어떤 글을 쓸까에 대해 고민해보자. 우선 이 꼭지의 주제어, 즉 주제를 상징하는 단어가 무엇인지부터 보자. 이 꼭지는 '나의 출생'에 관한 것이므로 고민할 것 없이 주제어는

'출생'이다.

이 주제어를 염두에 두고 이 꼭지의 주제를 정해보자. 주제를 어떻게 하느냐에 따라 글의 구성과 전개는 사뭇 달라진다. 이에 위의 메모에서 주제를 찾아보자. 여러 개가 가능하겠지만 일단 세 가지를 골라보았다. 하나는 메모 앞부분에 나오는 '사주'에 관한 이야기가 궁금증을 크게 유발한다는 점에서 '집안에서 사주가 가장 좋은 아이'이다. 메모의 중간 부분에 나오는 할아버지와 아버지 형제들에 대한 이야기에서 '촌사람의 아들'도 가능할 것 같다. 또 하나는, 메모 뒷부분에 등장하는 '선비 가문의 후예', 이렇게 뽑을 수 있다.

이렇게 뽑은 세 가지 주제 중 한 가지를 선택해보자. 우선 '사주'에 관한 것은 취재과정에서 이미 자세한 내용을 알 수 없다는 사실이 확인됐다. 따라서 지금의 메모 이상으로 더 쓸 얘기가 없으므로 글의 전체 주제로 삼기엔 함량 미달이다.

두 번째의 '촌사람'은 일단 메모한 분량이 많고, 지금의 나의 모습과 연결 지을 때 '보통 사람'이라는 공통분모가 있다는 점에서 글전체를 일관되게 끌고 나갈 수 있다는 생각이 든다. 다만 임팩트를 줄 수 있는 내용이 없다는 점이 한계이다.

세 번째 '선비 가문'은 메모한 내용은 부족하지만 '기묘사화'라는 역사적 사건이 있으므로 추가 조사를 하면 양은 보충할 수 있다. 다만 그 경우 '나의 출생'이 아니라 '가문의 역사'가 되면서 본말이 전도될 위험성이 있다. '출생'이라는 주제어에서도 벗어난다.

그렇다면 주제는 '촌사람의 아들'로 하는 것이 무난할 듯싶다.

자, 이제 주제가 정해졌다. 그러면 글을 어떻게 전개하는 것이 내가 '촌사람의 아들'임을 잘 드러낼 수 있을까. 주제와 메모를 생각하여 대략적인 글의 얼개부터 짜보자.

나라 안팎의 역사 연표에 관한 것은 젖혀두고 우선 '나의 메모'만으로 해보자. '나의 메모'에서 다루고 있는 내용은 크게 보아 출생 상황과 생가 모습, 할아버지 반응, 어머니, 가문 등이다. 그렇다면 이 메모들을 일단 이 주제로 재배치해보자.

출생 상황

- 1959년 1월 1일, 강원도 행복군 성실면 전기리 11번지에서 태어났다.
- 출생하던 날 아버지는 출타하고 없었고, 할머니 주도 아래 이웃에 사는 오촌 당숙모가 받았다 함. 어머니는 10시간의 진통 끝에 출산했다고 함.
- 아버지 김정민과 어머니 이영숙.
- 3남 1녀 중 둘째.

생가 모습

- 서른 칸쯤 되는 ㅁ자형 기와집 뒷방에서 태어났다. 안마당과 바깥마당이 있고, 앞이 훤하게 내다보이는 탁 트인 전망을 가진 400여

년을 지켜온 터. 집 뒤엔 대나무 숲이 병풍처럼 둘러쳐 있어 담장 역할.

할아버지의 반응

- 정확한 내용은 기록을 분실해 알 수 없으나 할아버지가 사주를 풀어보시고 집안에서 최고라며 매우 좋아했다는 얘기가 입으로 전해져 옴.
- 자손이 많은 편이었지만 할아버지는 나의 출생을 특히 기뻐하셨다 함. (아마도 셋째인 아버지가 할아버지를 극진히 모셨기 때문으로 보임. 장손인 큰아버지는 면장을 지냈지만, 농사일을 전혀 하지 않고 빈둥거리며 보냈고, 둘째 큰아버지는 노름으로 가산을 탕진하고 가족을 팽개치는 등 문제적 삶을 살았고, 바로 위 형의 한국전쟁 때 전사로 셋째가 된 아버지는 바깥출입을 하면 으레 귤이나 과자 같은 할아버지 간식거리를 사다 드렸으며, 항상 할아버지께 들른 다음에 집으로 옴)

어머니

- 어머니는 양반가로 꼽히던 한국 이씨 가문의 2남 3녀 중 맏딸.
- 첫 아이가 늦어 집안 어른들이 심히 걱정을 하였는데, 결혼한 지 7년 만에 큰 아들을 낳고 2년 뒤 둘째 아들을 낳음.
- 시름을 던 어머니는 옆에 누운 나를 빙긋이 웃으면서 바라보았다고 함(할머니 증언).

가문

- 태어난 마을은 행복 김씨 집성마을로 40여 호 중 30여 호가 대소가로 구성돼 있었고, 다른 성도 직간접적으로 우리 집과 관계되는 집.
- 16대조 할아버지가 조선 중종 때 기묘사화에 연루돼 멸문지족의 위기를 당하자 은둔, 낙향했다가 그 자리에서 그냥 눌러 살았다 함.

같은 내용이지만 재배치를 통해 훨씬 알기 쉽게 되었다. 이제 이 정보들을 가능하면 쉽고 정확하고, 나아가 흥미롭게 전달할 수 있는 이야기 전개 순서를 생각해보자.

가령, 어떤 집에 불이 났다고 해보자. 이때 화재 사건의 흐름은 아마도 이럴 것이다.

불이 났다(발단).-작은 불이 점점 커지기 시작한다(전개).-불이 확 타올라 버티던 기둥이 무너졌다(절정).-집을 다 태운 불이 잦아든다(대단원).

많은 이야기는 이런 방식으로 흐른다. 그러나 집의 전소라는 충격적인 부분을 앞에 배치하여 아무 준비가 없던 독자에게 큰 임팩트를 주기 위해 '절정'을 앞에 세우고 발단-전개-대단원의 순서로 갈 수도 있고, 한 줌 재로 변한 집터에서 연기가 모락모락 피어오르는 대단원 장면을 앞에 배치시켜 독자들이 애잔한 마음으로 지켜보도록 대단원-발단-전개-절정 순서로 진행할 수도 있다. 이것은 순전히 글을 쓰는 사람이 스스로 결정한다. 이 점을 염두에 두

고 우선 나의 출생에 관한 메모를 발단-전개-절정-대단원으로 나
눠보자.

- 발단-출생 상황 : 아이가 태어나야 사건이 시작된다는 점
- 전개-생가와 가문 : 태어난 아이가 어떻게 커 나갈지 대한 얘기는 없지만 공간과 가문의 배경으로 유추할 수 있다는 점
- 절정-할아버지의 반응: 가족들이 출생에 대해 매우 기뻐하는 모습
- 대단원-어머니 : 어머니에 대한 얘기로 출생 마무리

전개 순서까지 결정했으면 이제 글을 쓰기 위한 기본적인 작업
이 된 것 같다. 정리된 자료로 실제 글을 써보자. 앞에서 말했듯이
이 부분에서는 사실들, 즉 재배치한 메모들을 그대로 이어놓기만
해도 글이 되기에 충분하다. 메모가 제대로 된 문장이 되도록 주어
와 서술어를 넣어 정리하면 된다. 아래 사례에서는 일반적으로 많
이 하는 구성, 발단-전개-절정-대단원으로 이야기를 전개했다.

 본문 예시

나는 1959년 1월 1일 강원도 행복군 성실면 전기리 11번지에서
태어났다. 출생하던 날 아버지는 출타하고 없었고, 할머니 주도
아래 이웃에 사는 오촌 당숙모가 받았다. 어머니는 10시간의 진통

끝에 출산했다. 아버지 김정민과 어머니 이영숙 사이의 3남 1녀 중 둘째였다.

나는 서른 칸쯤 되는 ㅁ자형 기와집 뒷방에서 태어났다. 안마당과 바깥마당이 있고, 앞이 훤하게 내다보이는 탁 트인 전망을 가진 400여 년을 지켜온 터이다. 집 뒤엔 대나무 숲이 병풍처럼 둘러쳐 있어 담장 역할을 한다.

내가 태어난 마을은 행복 김씨 집성마을로 40여 호 중 30여 호가 대소가로 구성돼 있었고, 다른 성도 직간접적으로 우리 집과 관계되는 집들이다. 16대조 할아버지가 조선 중종 때 기묘사화에 연루돼 멸문지족의 위기를 당하자 은둔, 낙향했다가 그 자리에서 그냥 눌러 살았다 한다.

정확한 내용은 기록을 분실해 알 수 없으나 할아버지가 사주를 풀어보시고는 집안에서 최고라며 매우 좋아했다는 얘기가 입으로 전해져 온다. 자손이 많은 편이었지만 할아버지는 나의 출생을 특히 기뻐하셨다 한다. 아마도 아버지가 할아버지를 극진히 모셨기 때문일 것이다. 장손인 큰아버지는 면장을 지냈지만, 농사일을 전혀 하지 않고 빈둥거리며 보냈고, 둘째 큰아버지는 노름으로 가산을 탕진하고 가족을 팽개치는 등 문제적 삶을 살았다. 셋째 형이 한국전쟁 때 전사하여 셋째가 된 아버지는 바깥출입을 하면 으레 귤이나 과자 같은 할아버지 간식거리를 사다 드리고, 항상 할아버지에게 들른 다음에 집으로 오셨다고 한다.

어머니는 양반가로 꼽히던 한국이씨 가문의 2남 3녀 중 맏딸이다. 첫 아이가 늦어 집안 어른들이 심히 걱정을 하였는데, 결혼한 지 7년 만에 큰 아들을 낳고 2년 뒤 둘째 아들을 낳았다. 내가 태어난 후 어머니는 시름을 덜었는지 옆에 누운 나를 빙긋이 웃으면서 바라보았다고 한다.

이 글을 쓰면서 깨닫게 되는 것은 메모의 역할이다. 실질적으로 글을 전개시킨 것은 메모라고 해도 틀리지 않다. 자료를 준비할 때 어떻게 메모를 해야 하는지 실감했을 것이다. 글을 쓰는 도중에라도 메모가 부족하다 싶으면 다시 뒤로 돌아가 메모를 점검하고 재정리하는 것도 효율적이다.

다음 단계는 이 글을 보다 자연스럽게 만드는 작업이다. 위의 글에서 몇 개의 문장을 따로 떼어 살펴보자.

먼저 "나는 1959년 1월 1일 강원도 행복군 성실면 전기리 11번지에서 태어났다."란 첫 문장을 육하원칙(누가, 언제, 어디서, 무엇을, 어떻게, 왜)의 관점에서 분석해보자. 이 6가지 요소가 들어가면 그 문장은 궁금한 사항이 거의 없는 문장이라고 할 수 있다.

- 누가: 나
- 언제: 1959년 1월 1일

- 어디서: 기와집(강원도 행복군 성실면 전기리 11번지)
- 어떻게: 출생

　여섯 개 요소 중 '무엇을'과 '왜'를 빼고 네 가지를 충족하는 문장이다. 그런데 여기서 '무엇을'과 '왜'는 굳이 필요가 없다. 서술어인 '출생했다'는 자동사이므로 목적어가 필요 없고 이 글이 '나'의 자서전인 만큼 내가 과거에 태어난 것은 자명하기 때문이다.

　다음 문장을 보자.

　"그날 아버지는 출타하고 없었고, 할머니 주도 아래 이웃에 사는 오촌 당숙모가 나를 받았다고 한다. … 나는 아버지 김정민과 어머니 이영숙 사이의 3남 1녀 중 둘째였다."

　이 문장은 "출생하던 날 아버지는 출타하시고"와 "할머니 주도 아래 이웃에 사는 오촌 당숙모가 나를 받았다"는 두 개의 주제가 한 문장을 이루는 복문이다. 복문으로 쓴다고 해서 잘못된 것은 아니지만 가능하면 짧게 쓰라는 글쓰기 원칙을 생각하여 단문으로 바꿔보자.

　"출생하던 날 아버지는 출타하고 없었다. 할머니 주도 아래 이웃에 사는 오촌 당숙모가 나를 받았다."

　어떤가. 한 문장에 한 가지 주제만 다루니 경쾌하지 않은가. 그리고 전체 문장의 배열도 바꾸어보자. 두 번째 문장에 아버지가 등장하므로, "아버지 김정민과 어머니 이영숙 사이의 3남1녀 중 둘째였다.”는 그 앞으로 가는 것이 좋다. 이름과 함께 아버지를 소개하는 역할을 하는 문장이기 때문이다.

　내용을 재배치할 때는 적당한 곳으로 옮겨 서술하는 것도 필요하다. 예시 글에는 할아버지가 내 출생을 기뻐한 이유를 설명하기 위해 아버지 세대의 이야기가 자세하게 적혀 있다. 그런데 그 때문에 내 출생 이야기의 흐름이 끊기는 느낌이 있다. 만일 할아버지와 나의 관계에 대한 이야기를 따로 할 기회가 있다면 아버지 형제들의 이야기는 더 나중으로 이동시키는 것이 좋을 것이다.

　‘나의 메모’로 글을 쓰는 요령은 이쯤하고, 나라 안팎의 연표를 지금까지 쓴 글에 어떻게 덧붙여 활용할 것인지 알아보자.

　내가 태어나던 당시의 시대상을 이해하는 데에는 당시의 역사적 사건을 활용하는 것이 가장 효과적이다. 국가적 쟁점이 된 사건일수록 많은 사람이 기억하기 때문이다. 국가적 사건이 없다고 해서 걱정할 필요는 없다. 사람들의 관심을 끌며 당시의 시대상을 이해시킬 수 있는 자료는 많다.

　앞의 메모에서 보듯, 내가 태어나던 1959년에는 크고 작은 역사적 사건들이 많았다. 이 내용을 어떻게 자서전과 조화시켜 활용할 것인가가 중요하다. 연표 내용 전부를 자서전에 활용하기에는 무리가 따른다. 내 삶과 연관된 것 중심으로 필요한 것만 선택해서 쓰면 된다. 연표에서 나의 출생기에 활용할 만한 내용으로는 9월 15일에 발행해 우리나라에 큰 피해를 준 태풍 사라 호가 적당할 것 같다. 그래서 메모에 사라 호에 대한 내용을 추가했다.

- 9월 17일 태풍 사라호의 직접 영향권에 들어 막대한 피해를 보았다.(한반도 역사상 재산 및 인명 피해 면에서 최악의 태풍이었다.)

하지만 이 하나만으로는 부족하다는 생각이 들어 이것저것 기웃거리며 자료를 찾던 중 나와 동갑인 저술가 유시민의 자전적 역사책《나의 한국현대사》에서 흥미로운 자료를 발견해 이를 인용하기로 했다. 이에 관한 메모다.

- 동갑내기 유명인인 유시민이 쓴 《나의 한국현대사》에 보면, 내가 태어난 1959년 한 해 동안 100만 명의 아기가 태어났다고 한다. 현재 살아 있는 사람은 80만 명에 미치지 못한다. 나도 그 100만 명 중 하나이고, 80만 명 중 하나이다.
- 1958년에는 우리나라 최초로 한해의 출생자 수가 100만 명을 돌파했다. 베이비붐 세대의 정점을 찍어 '58년 개띠'라는 말이 나왔다고 했다.(출처: 소설가 성석제가 '명견만리'라는 텔레비전 강연 프로그램에서 한 말)

내 탄생 즈음이 베이비붐의 절정이란 사실이 흥미로워 추가로 조사를 해 보았다. 인터넷 검색을 통해 소설가 성석제가 TV강연 프로그램 '명견만리'에서 58년 개띠에 관해 발언한 내용을 발견했다. 58년은 내가 태어난 해는 아니지만, 직전 시기이고 친구 중에도 58년 개띠가 많아 이야깃거리로 써먹을 수 있을 듯싶어 메모에 추가했다. 이렇게 보충된 역사, 사회 관련 이야기들을 정리해 앞의 '나의 출생기' 뒤에 덧붙여보자.

🖋 본문 예시

유시민이 쓴 《나의 한국현대사》에 보면, 1959년 한 해 동안 100만 명의 아기가 태어났다고 한다. 현재 살아 있는 사람은 80만 명이 미치지 못한다. 나도 그 100만 명 중 하나이고, 80만 명 중 하나이다. 그런데 우리나라는 1953년부터 베이비붐이 시작됐는데, 내가 태어나던 무렵에 절정을 달했다는 사실을 알 수 있다. 상당수가 나의 친구인 '58년 개띠'라는 말도 이런 베이비붐 세대 절정과 무관해 보이지 않는다. 소설가 성석제가 '명견만리'라는 텔레비전 강연 프로그램에서 말하기를, 1958년 한 해 동안 출생한 신생아가 처음 100만 명을 돌파했고, 이때 베이비붐 세대의 정점을 찍어서 '58년 개띠'라는 말이 나왔다고 했다.

나의 출생기에는 이렇듯 인구가 급증했지만 이를 시기하듯 자연재해가 큰 피해를 주기도 했다. 내가 태어난 직후인 9월 17일 우리나라는 태풍 사라호의 직접 영향권에 들어 막대한 피해를 보았다. 이 태풍은 한반도 역사상 재산 및 인명 피해 면에서 최악의 태풍으로 기록되고 있다.

메모 수준의 정보들이 실에 꿰어지니 훌륭한 목걸이가 되었다.

이 글을 보다 근사하게 하는 건 이후의 일이다. 일단 첫 글은 이쯤에서 마무리하자.

복잡한 사건 서술하기

살다 보면 좋은 일, 나쁜 일이 한데 엉켜 정신없이 몰려오는 순간이 있다. 이런 시기는 정리하기가 만만치 않다. 하지만 이런 시기일수록 내 삶에서 중요한 변곡점이 되는 때이므로, 각 사건들을 차근차근 잘 설명할 필요가 있다.

아래 예시는 '기러기아빠'란 주제로 준비해놓은 메모다. 딸들과 아내의 출국, 그리고 장인어른의 타계라는 두 사건이 한꺼번에 벌어졌을 때를 메모한 것이다.

- 2012년 2월 두 딸 캐나다로 유학 가기로 결정.
- 퇴근한 후 밤 10, 11시에 두 딸 학원에서 픽업하는 게 일. 사교육에 내몰린 아이들 안쓰럽다는 생각. 고등학교 시절 1교시 전 보충수업과 야간 보충수업에 시달렸던 경험을 생각하고, 아이들도 똑같이 겪는 교육 현실의 부조리함에 불만 느낌.
- 기러기아빠 생활하는 후배에게 유학 간 아이들이 사교육에서 해방 되었다는 이야기를 듣고 한없이 부러워하다 두 딸에게 지나가는 말로 "유학 가볼래?" 하고 물어봄.
- 큰딸은 모험하기 싫다며 단칼에 거절. 작은딸은 기다렸다는 듯 가고 싶다고 함.
- 이후 아이들 몰래 아내와 함께 유학 문제 고민.
- 비용은 당시 사교육비 생각하면 큰 차이 없다고 여겨짐(사교육이 심한 곳에 거주).
- 다시 큰딸의 의사 타진. 아내와 작은딸이 가면 큰딸과 내가 한국에 남아있어야 하는데, 나는 회사 때문에 딸 뒷바라지가 어렵다는 현실 설명. 큰딸도 결국 가기로 결정.
- 나도 함께 따라가서 체류에 필요한 여러 가지 준비를 해주고 돌아올 작정이어서 온 가족이 함께 가는 비행기 표 준비.
- 출국 열흘 앞두고 장인어른 쓰러지심.

- 2012년 8월 8일 두 딸과 아내 캐나다 토론토로 출국.
- 공항에서 곧바로 병원으로 갔으나, 장인어른 막 영면.
- 혼란스러웠다. 도쿄에서 비행기를 갈아타야 하므로 돌아오게 할 수도 있었지만 여러 가지로 고민이 컸다. 이때 장모님이 상황을 단칼에 정리했다. "할아버지는 아이들이 출국하기를 기다리신 것이다. 아이들이 떠났다는 사실을 알고 돌아가신 것이다. 그러니 연락하지 마라. 떠난 녀석들 낯선 곳에서 잘 적응하도록 내버려 둬라."
- 삼우제 지내고 장인 타계 소식 전함.

이 글에서도 앞의 글처럼 주어진 메모를 내용에 따라 재분류하고, 그 내용을 서로 어떻게 자연스럽게 연결할까를 고려한 아웃라인(플롯)을 먼저 짜서 글을 쓰면 된다.

이번 글의 주제는 '기러기아빠'이다. 아이들이 유학을 위해 출국하여 기러기아빠가 되었다는 것이 내용의 핵심이다. 그런데 메모의 '장인어른의 타계'도 따로 한 꼭지를 할애하여도 무방할 만큼 매우 중요한 주제이다.

그렇다고 두 사건을 각각 다른 꼭지로 나누려니 그것도 망설여진다. 일단 '아이들 유학 출국'과 '장인어른의 타계'가 시간적으로 거의 동시에 일어났다. 또 장인어른이 아이들이 캐나다로 출국하기를 기다렸다가 이승에서의 삶을 마감했다는 장모님의 의미 부여가 설득력 있게 와 닿는다. 그래서 두 사건을 하나의 이야기 속에서 다루는 것이 좋다고 생각했다.

이렇게 중요도가 높은 사건을 함께 서술할 때 먼저 할 일은 어느 것을 주요 소재로 삼고 어느 것을 보조 소재로 삼을지 정하는 것이다. 주인공인 내 입장에서는 장인어른의 타계보다 가족과 떨어져 살게 된 것이 삶에 더 큰 영향을 미쳤으므로, 여기서는 아이들 출국을 주요 소재로 하고 장인어른 타계는 보조로 두기로 하자.

이야기의 중요도가 정해졌으면 메모를 재분류한다. '유학 결정 과정/장인어른 쓰러짐/출국/장인어른 타계'에 해당하는 내용으로 각각 나눠보았다.

유학 결정 과정

- 2012년 2월 두 딸 캐나다로 유학 가기로 결정.
- 퇴근한 후 밤 10, 11시에 두 딸 학원에서 픽업하는 게 일. 사교육에 내몰린 아이들이 안쓰럽다는 생각. 고등학교 시절 첫 교시 전 보충수업과 야간 보충수업에 시달렸던 경험에 비추어 아이들도 똑같이 겪는 교육 현실의 부조리함에 불만 느낌.
- 기러기아빠 생활하는 후배에게 유학 간 아이들이 사교육에서 해방되었다는 이야기를 듣고 한없이 부러워하다 두 딸에게 지나가는 말로 "유학 가볼래?" 하고 물어봄

- 큰딸은 모험하기 싫다며 단칼에 거절. 작은딸은 기다렸다는 듯 가고 싶다고 함.
- 아이들 마음을 확인한 후 나는 아이들 몰래 아내와 함께 유학 문제 고민.
- 비용은 당시 사교육비 생각하면 큰 차이 없다고 여겨짐(사교육이 심한 곳에 거주).
- 다시 큰딸의 의사 타진. 아내와 작은딸이 가면 큰딸과 내가 한국에 남아있어야 하는데, 나는 회사 때문에 딸 뒷바라지가 어렵다는 현실 설명. 큰딸도 결국 가기로 결정.

장인어른 쓰러짐
- 출국 일주일 앞두고 장인어른 쓰러지심.

출국
- 2012년 8월 8일 두 딸과 아내 캐나다 토론토로 출국.

장인어른 타계
- 공항에서 곧바로 병원으로 갔으나, 장인어른 막 영면.
- 혼란스러웠다. 도쿄에서 비행기를 갈아타야 하므로 돌아오게 할 수도 있었지만 여러 가지로 고민이 컸다. 이때 장모님이 상황을 단칼에 정리했다. "할아버지는 아이들이 출국하기를 기다리신 것

이다. 아이들이 떠났다는 사실을 알고 돌아가신 것이다. 그러니 연락하지 마라. 떠난 녀석들 낯선 곳에서 잘 적응하도록 내버려 둬라."

- 삼우제 지내고 장인어른 타계 소식 전함.

분류를 마치고보니, 어떤 것은 내용이 풍부하고 어떤 것은 단 한 줄밖에 되지 않을 만큼 빈약하다. 이 상태로도 글을 쓸 수는 있다. 그러나 이번 글은 내용의 순서와 비중을 잘 조율하지 않으면 이야기가 뒤죽박죽이 될 우려가 있다. 무턱대고 쓰기보다는 메모를 좀 더 발전시키고 구성을 보강해보자.

우선 메모에서 빈약한 부분을 보충한다. 처음 메모를 만들 때는 생각나지 않았던 내용도, 이렇게 글의 구성을 갖춰놓고 목표를 세우고 나면 더 잘 떠오르기 마련이다. 자료와 글을 이해하면 글에서 무엇이 빠져 있는지 더 잘 보이기 때문이다. 필요에 따라서는 보충 취재를 할 수도 있지만, 일단 집필을 시작했으니 되도록 기억을 바탕으로 진행하는 것이 좋겠다.

메모에서 내용이 빈약하게 보이는 부분은 '장인어른 쓰러지심'과 '출국'이다. 특히 '출국'은 이 글의 핵심적인 사건이므로 더 많은 보강이 필요하다.

먼저 '장인어른 쓰러지심'을 보자.

쓰러지셨다는 사실과 내가 아이들과 함께 출국하지 못한다는 내용만 있다. 그렇다면 당연히 장인어른이 쓰러지신 원인이 있을 것이다. 정리해보자.

- 장인어른은 만성 신부전증 환자로 일주일에 3번씩 혈액투석을 받음.
- 2002년 추석 때 발병. 병원에서 원인은 고혈압에 따른 합병증이라고 했음.
- 2012년 7월 28일 점심을 드시다 쓰러지심. 내가 응급실에 도착했을 땐 의식이 있었으나 저녁 무렵 혼수상태가 되어 중환자실로 옮김.

더 많은 내용이 실타래가 풀리듯 떠오르지만 장인어른 관련은 보조 주제이므로 이쯤에서 접고 다음 내용으로 넘어가 보자. '출국'은 단 한 줄이다. '출국'이란 사건에만 매몰되어 상황을 보았기 때문에 쓸 것을 놓친 게 아닐까. '출국'이란 사실을 가운데 두고 그 주변을 둘러보자. 출국하는 날 아침의 준비하는 풍경, 날씨, 공항까지 가는 교통상황, 공항대기실 풍경, 아내와 아이들의 출국장 입장 장면 등 여러 가지 일들이 있다. 무엇보다 당일 나의 심경이 있다. 정리해보자.

- 거의 잠을 자지 못한 것 같아서 몸이 찌뿌둥함. 모두 출국 준비하느라 부산한 가운데 장모에게 전화를 걸어 출국시키고 저녁 면회

때 병원으로 가겠다고 말씀드림.

● 집에서 밥을 먹고 가기보다 준비되는 대로 일찍 나가 공항에서 수속을 마친 후 아침을 먹기로 하고 서둘러 준비하고 출발.

● 승용차 가득 여행용 가방과 트렁크를 실었다. 짐이 많아 아내는 무릎에 가방 하나를 올려놓아야 할 정도.

● 인천공항으로 가는 교통상황은 좋았음. 막히지 않고 40분 만에 공항에 도착. 생각보다 많은 사람이 북적거렸음. 새벽 비행기를 타는 사람들이 이렇게 많은 줄 몰랐음.

● 이제 한식을 다시 먹기 힘드니까 아침은 한식을 먹기로 하고 한식당에 들어갔지만 나는 대신 즉석식으로 하겠다고 하고 햄버거를 샀음. 아내와 두 딸은 입안이 깔깔하다며 아침은 먹는 둥 마는 둥 했음.

● 출국장에 들어갈 시간이 한 시간이나 남았지만 쏜살같이 지나 드디어 들어갈 시간. 나는 아이들과 포옹하고 아내와도 포옹. 코끝이 시큰해졌음. 손을 흔들며, 들어가는 모습을 끝까지 보고 주차장으로 갔음.

● 집으로 가면서 한없이 눈물이 쏟아짐. 생이별이라는 게 이렇게 힘든 건 줄 처음 알았음. 마음 한구석에 편치 않아 곧바로 병원으로 감.

그런데 이 글의 주제는 '기러기아빠'인데, 모아놓은 내용은 기러기아빠가 막 되는 시점의 사건들 일색이다. 그 이후 혼자 살아가는, 즉 기러기아빠의 생활모습에 대한 내용은 없다. 그렇다고 내용을 덧붙이자니 이미 충분히 구성이 복잡하다. 그래서 주제를 수정하기로 한다. '기러기아빠 데뷔하기'로.

앞의 기획하기에서 만든 임시 목차는 언제든지 수정할 수 있음을 보여주는 예이다. 준비하는 도중, 글을 쓰려고 다시 한 번 점검할 때는 물론 써나가는 과정에서도 수정할 수 있다.

다만 앞에서 지적했듯이 바뀐 주제 '기러기아빠 데뷔하기'에 대해서는 내용을 더 보충해야 완성도를 높일 수 있을 것이다. 그냥 삼우제 때 캐나다 가족들에게 비보를 전했다는 것으로 끝나면 이 꼭지는 되레 '장인어른 타계'가 더 적합한 주제가 될 것이다.

기러기아빠가 된 마음가짐이나 실제 생활 등을 얘기하면서 마무리하면 어떨까 싶다.

- 아이들과 아내의 출국으로 인한 빈자리를 느낄 새도 없이 장인어른 장례식을 치렀음.
- 장례식을 마치고 귀가하는 순간, 혼자 남았다는 현실을 자각함.
- 잠시 멍하니 서 있다가 정신을 차려 집안 정리.
- 친구가 전화해 "자유로운 몸이 된 것 축하한다."고 함.
- 나의 기러기아빠 데뷔는 기대 반 우려 반으로 시작됐음.

이제 이 주제들을 어떻게 배치할지 고민해보자. 이른바 플롯을 짜는 것이다.

'유학 결정 과정 / 장인어른 쓰러짐 / 출국 / 장인어른 타계'에서 '기러기아빠 데뷔하기'라는 내용이 추가되었는데, 이 내용을 그대로 배치하는 것도 나쁘지는 않다. 하지만 읽는 사람에게 인상적으로 다가가려면 어떻게 하는 것이 좋을지 한 번 더 고민해보자.

이 글에는 2개의 중요 사건과 2개의 배경, 그리고 결말이 있다. 출국과 장인어른 타계라는 중요 사건과, 출국의 배경이 되는 아이들의 유학 결정, 장인어른 타계의 배경이 되는 장인어른 쓰러지심, 기러기아빠 데뷔하기라는 결말이다. 이것을 시간 순서대로 배치하면 중요 사건이 일어나기 전에 사전 설명이 너무 길어 서두가 늘어지고, 사건들을 먼저 설명하고 배경설명을 둘 다 뒤로 미루면 시간 순서가 꼬인다. 이번에는 글의 주제인 유학 결정과 출국은 시간 순서대로 배치하고, 장인어른의 타계 뒤에 원인이 된 장인어른 쓰러지심을 덧붙이도록 하자.

유학 결정 과정-'출국장면-장인어른 타계-장인어른 쓰러짐-기러기아빠 데뷔하기' 이런 순서이다. 이걸 기반으로 써보자.

본문 예시

두 딸이 캐나다로 유학 가기로 한 것은 2012년 2월이었다. 퇴근한 후 나는 밤 10, 11시가 되면 두 딸을 학원에서 픽업하는 게 일이었다. 사교육에 내몰린 아이들이 안쓰럽다는 생각이 들었다. 내가 고등학교 시절 첫 교시 전 보충수업과 야간 보충수업에 시달렸던 경험을 생각하면 아이들도 똑같이 교육 현실의 부조리를 겪어야 한다는 것이 더욱 불만스러웠다.

그러던 어느 날 기러기아빠 생활하는 후배에게 유학 간 아이들이 사교육에서 해방되었다는 이야기를 들었다. 한동안 부러워하다, 두 딸에게 지나가는 말로 "유학 가볼래?" 하고 물어봤다. 고등학교 입학을 앞둔 큰딸은 모험하기 싫다며 단칼에 거절했지만, 작은딸은 기다렸다는 듯 가고 싶다고 했다. 아이들 마음을 확인한 후 나는 아이들 몰래 아내와 함께 유학원에서 상담을 하는 등 유학 문제를 심각하게 고민했다. 비용은 당시 사교육비를 생각하면 큰 차이가 없다고 여겨졌다. 다시 큰딸의 의사를 타진했다. 아내와 작은딸이 유학을 가면 큰딸과 내가 한국에 남는데, 나는 회사 때문에 뒷바라지가 어렵다는 현실을 설명했다. 결국 큰딸도 가기로 했다.

2012년 8월 8일, 드디어 아내와 두 딸이 출국하는 날이 밝았다. 거의 잠을 자지 못해 몸이 찌뿌둥했다.

준비되는 대로 일찍 나가 공항에서 수속을 마친 후 아침을 먹기로 하고 우리 가족은 서둘러 출발했다. 승용차 가득 여행용 가방과 트렁크를 실었다. 짐이 많아 아내는 무릎에 가방 하나를 올려놓아야 할 정도였다.

인천공항으로 가는 교통상황은 좋았다. 막히지 않아서 40분 만에 공항에 도착했다. 생각보다 많은 사람으로 북적거렸다. 새벽 비행기를 타는 사람들이 이렇게 많은 줄 몰랐다. 수속을 밟는 데는 많은 시간이 걸리지 않았다. 모든 게 순조롭게 끝났다. 이제 비행기만 타면 된다. 편안한 마음으로 아침 식사를 하기로 했다. 가족들은 이제 한식을 먹기 힘드니까 아침은 한식을 먹기로 하고 한식당에 들어갔다. 반대로 나는 이제 실컷 한식만 먹을 터여서 양식 흉내 내보려는 생각에서 햄버거를 샀다. 입안이 깔깔해서 아침은 먹는 둥 마는 둥 했다.

출국장에 들어갈 때까지 한 시간 넘게 남아 있었는데, 시간이 쏜살같이 지나가 헤어질 때가 왔다. 나는 아이들 그리고 아내와 포옹했다. 코끝이 찡해졌다. 손을 흔들며, 들어가는 모습을 끝까지 보고 주차장으로 갔다. 집으로 가면서 한없이 눈물이 쏟아졌다. 생이별이라는 게 이렇게 힘든 건 줄 처음 알았다.

가족들 배웅을 마치고 귀가하던 나는 장인어른이 입원해 계신 병원으로 향했다. 마음이 허전한 탓도 있었겠지만, 의식적이었다기보다는 무의식이 조종한 결과라는 생각이 들었다.

병원에 도착하자 장모께서 막 면회를 마치고 나오셨다. 어떠시냐고 묻자 장모께서는 "매일 똑같아!" 하신다. 가운을 갈아입고 장모와 교대했다. 장인어른이 계신 중환자실 별실로 가는데 의

의료진의 부산한 움직임이 눈에 들어왔다. 이상했다. 장인어른의 상황이 긴급이었다. 내가 병실에 도착하자마자 주치의가 헐레벌떡 달려와 이것저것 살피더니 이제는 취할 방법이 없다며 사망선고를 했다. 장인어른이 영면하신 것이다.

혼란스러웠다. 아이들과 아내는 도쿄에서 비행기를 갈아타려고 대기중일 터였다. 지금이라도 돌아오게 해야 할 것인가. 그렇다면 캐나다에서 이미 약속된 일들은 어찌해야 하나? 고민하고 있는데 장모님이 단칼에 정리했다.

"연락하지 마라. 할아버지는 아이들이 출국하기를 원하신 것이다. 아이들이 떠났다는 사실을 알고 돌아가신 것이다. 그러니 떠난 녀석들 낯선 곳에서 잘 적응하도록 내버려 둬라."

장례식은 삼일장으로 치러졌다. 내가 캐나다의 가족들에게 장인어른의 타계 소식을 전한 것은 삼우제를 지내고 나서였다.

장인어른은 만성 신부전증 환자로 일주일에 3번씩 혈액투석을 받고 계셨다. 2002년 추석 즈음에 발병했는데, 병원에서는 고혈압에 따른 합병증이 원인이라고 했다. 2012년 7월 28일 점심을 드시다 쓰러지셨다. 내가 응급실에 도착했을 땐 의식이 있었으나 저녁 무렵 혼수상태가 되어 중환자실로 옮겼다. 그 후 계속 혼수상태셨다가 이렇게 갑자기 돌아가신 것이다.

아이들과 아내의 출국으로 인한 빈자리를 느낄 새도 없이 나는 장인어른의 장례식을 치렀다. 장례식을 마치고 귀가하는 순간, 혼자 남았다는 현실을 자각했다. 잠시 멍하니 서 있다가 정신을 차려 집안 정리를 했다. 마침 친구가 전화를 걸어왔다. 위로 반 농담반으로 "자유로운 몸이 된 것 축하한다."고 했다.

나는 이렇게 깊은 슬픔과 막연한 설렘으로 초보 기러기아빠가 되었다.

의미 있고 극적인 사건 서술하기

자서전은 실제 내 삶에 일어난 일들, 다시 말해 사실을 쓰는 것이기도 하지만, 그 사실에 대한 나의 당시 심경과 지금 느끼는 소회를 쓰는 글이기도 하다. 특히 자서전의 후반부에는 지금까지의 삶을 통해 느낀 '내가 누구인가'에 대한 인식과 앞으로 어떤 삶을 살 것인가에 대한 생각 등이 담기는 것이 좋다.

살다 보면 유독 이러한 생각을 많이 하게 하는 극적이고 중요한 사건들이 벌어진다. 사람과의 만남과 이별, 예상과는 다른 큰 성공이나 실패 등이다.

'공인중개사무소 개업을 꿈꾸다'라는 주제로 정리한 아래 메모 예시를 보자.

메모 예시

- 동업자의 배신으로 의자 대리점이 큰 위기를 맞음. 동업자 부부가 매출을 속였고, 거래처와 약속을 어겨 신뢰까지 상실함.
- 경기침체로 인한 매출 감소.
- 대기업 기능성 의자의 마케팅 공세와 저가 공세에 경쟁력을 잃고 시장을 뺏김.
- 적자가 눈덩이처럼 불어남.
- 본사와 협상 끝에 가게 자리가 임대되는 대로 모든 자산을 본사에게 매각하기로 결정.
- 애초 권리금이 비싼 가게라서 임대가 쉽게 이루어지지 않았다가 2년이 지난 2016년 10월에 마침내 임대되었다. 한 달의 기한을 두고 모든 것을 정리.
- 시원섭섭했다. 그동안 10여 년의 세월을 바치며 내게 양식을 주고 또 아이들을 교육할 수 있게 했던 가게였는데.
- 아내가 장롱 속에 있던 공인중개사 자격증을 꺼냈고, 교육을 받으러 다니기 시작함.
- 나는 평일엔 친구가 하는 회사의 영업을 도와주고 주말엔 친구 회사 경비로 아르바이트함.
- 아내가 부동산사무소에 취직함.
- 아내와 함께 공인중개사 사무실을 차릴 계획을 함. 나는 자격

증이 없으니 보조로 함께 일할 수 있기를 꿈꿔봄.

이 메모에서 부족한 부분이 뭘까?

극적인 사건이 계속 벌어지는데 나의 결정에 대한 설명이 너무 빈약하다. 같은 사건이라도 주인공인 '나'가 어떻게 반응했느냐에 따라 그 사건의 의미는 크게 달라진다. 배신을 당하고 인간관계에 대해 회의하게 될 수도 있고, 실패를 딛고 일어나 끈질기게 새로운 시도를 할 수도 있다. 어려운 일이 닥칠 때 곁에 있어준 아내를 보며 가족의 소중함을 깨달을 수도 있다.

인생의 변곡점이 되는 중요한 사건에 대해 쓸 때는, 사실을 충실하게 서술하는 것도 중요하지만 그 사건을 겪는 나의 심리와 행동을 잘 담아내는 것이 필수다. 이를 통해 나의 가치관을 보여주고 진정한 의미에서 나의 삶과 선택을 성찰할 수 있다.

사례에서는 왜 이 지경까지 질질 끌려왔는지, 위기 상황에서 나의 대응은 어땠는지, 아내와 어떤 과정을 거쳐 앞날을 설계했는지, 그 과정에서 내적 갈등은 없었는지 등이 좀 더 소상했으면 좋을 듯싶다. 특히 이 글은 자서전 전체의 마무리에 해당하는 미래 계획에 대한 내용을 담고 있다. 나의 미래관 등이 포함된다면 내 선택을 더 잘 설명해줄 수 있다. 그런 점을 염두에 두고 내용을 보완해보자.

- 2014년 동업자(실제 투자금은 10분의 1) 김철수의 부정과 횡령이 발각되었다. 조사해본 결과 1년 정도 전부터 수금을 가로채고, 매장에서 판매된 금액까지 손을 대고 있었다. 생각보다 규모가 컸다. 부부가 함께 공범이 되어 치밀하기까지 했다.

- 경기가 침체하면서 고가의 기능성 의자에 대한 수요가 떨어졌고, 매출이 감소하기 시작했다. 엎친 데 덮친 격으로 자본력을 앞세운 대기업의 기능성 의자 시장 진출로 경쟁력이 약화하였고, 인터넷 판매가 대세로 가면서 오프라인 매장의 판매가 축소되었다. 대리점들에 대한 도매마저 급격히 하강 곡선을 그렸다.

- 적자 규모는 눈덩이처럼 쌓이기 시작했고, 매월 본사에 보내는 물건값이 밀리기 시작했다. 상황이 호전될 기미가 없었다. 급기야 위험신호를 감지한 본사가 밀린 대금을 언제 갚을 거냐고 독촉하기 시작했다.

- 결국 본사에서 수습방안을 제시했다. 임대보증금과 창고에 남아있는 재고 등 모든 자산은 본사가 소유하고, 대신 가게 자리가 임대될 때까지 한시적으로 매장은 계속 운영하되 매출액 중 나와 아내에게는 일정 금액의 월급을 지급하고 나머지는 본사에 귀속되는 조건이었다. 나는 도장을 찍었다.

- 권리금이 비싼 가게라서 임대가 쉽게 이루어지지 않았다. 이럭저럭 2년이란 세월이 지난 2016년 10월에 마침내 임대되었다. 한 달의 기한을 두고 모든 것을 정리했다.

- 시원섭섭했다. 그동안 11년의 세월을 바치며 내게 양식을 주고 또 아이들을 교육할 수 있게 했던 가게였는데.

- 가게를 접던 날 저녁 아내와 둘이 호프집에 갔다. 이런저런 상념을 주고받으면서, 아내는 지난 일은 잊고 앞으로 살 방법만 생각하자고 했다. 나도 동의했다. 지난 일을 복기해봤자 돌이킬 수 없고, 반전시킬 수는 더더욱 없을 터, 아내의 말에 깊이 공감했다.

- 아내가 장롱 속에 있던 공인중개사 자격증을 꺼냈다. 그리고 교육을 받으러 다니기 시작했다.

- 아내는 공인중개사로 새 삶을 설계하는데, 그럼 나는 어떻게 해야 하나 솔직히 많은 고민을 했다.

- 마침 이사를 하게 되었는데, 그때 중개를 받은 부동산 사무실의 모습이 인상 깊게 와 닿았다. 아내가 공인중개사 자격증이 있고, 자격증이 없는 남편은 옆에서 보조로 함께 일하고 있었다.

- 그날 저녁 아내에게 그 얘기를 했다. 아내의 반응은 무덤덤했다.

- 아내가 교육을 받는 동안 여러 가질 고민했다. 이력서를 써 들고 취직 전선에 나설 것인가 등 오만 가지 경우를 놓고 고민했다. 결론은 아내와 공인중개사 사무실을 내는 것이었다. 아내

에게 이 계획을 얘기했더니 아내도 그러면 어떨까 싶더라며 내
게 공인중개사 자격증부터 따라고 한다. 그러나 나는 자격증
은 한 사람만 있으면 되니까 난 보조로 해도 되잖으냐, 공부하
는 시간을 차라리 아르바이트라도 하는 게 효율적이라는 논리
로 설득했다. 아내도 동의했다. 고마웠다.

● 나는 지금 평일엔 친구가 하는 회사의 영업을 도와주고, 주말
엔 친구 회사 경비로 아르바이트 한다.

● 아내가 부동산중개업소에 취직했다. 열심히 배워 따로 사무실
을 차리면 나는 면허가 없으니 보조로 함께 일할 수 있기를 꿈
꿔본다.

메모를 일부는 새로 다시 써가면서 정리했고, 중복된 것 등 일부
내용은 버리고 새 내용을 넣기도 하였다. 처음 메모보다 더 충실해
졌음을 느낄 것이다. 그리고 아예 글을 쓴다는 생각으로 단어 선택
도 신경을 썼다. 이걸 그대로 글로 살려내 보자.

본문 예시

2014년 동업자 김철수 부부의 부정과 횡령이 발각되었다. 조사
해본 결과 1년 정도 전부터 수금을 가로채고, 매장에서 판매된 금

액까지 손을 대고 있었다. 생각보다 규모가 컸다. 부부가 함께 공범이 되어 치밀하게 일을 저질렀다.

엎친 데 덮친 격으로 매출까지 감소했다. 경기가 침체하면서 고가의 기능성 의자에 대한 수요가 떨어지고 있었다. 거기다 자본력을 앞세운 대기업의 시장 진출로 경쟁력이 약화되었고, 인터넷 판매가 대세로 가면서 오프라인 매장의 판매는 축소될 수밖에 없는 상황이었다. 소매가 죽을 쑤는 것은 그렇다손 치더라도 다른 대리점들에 대한 도매마저 급격히 하강 곡선을 그렸다.

불황 앞에 장사 없다. 적자 규모는 눈덩이처럼 쌓이기 시작했고, 매월 본사에 보내는 물건 값이 밀리기 시작했다. 상황이 호전될 기미가 없었다. 위험신호를 감지한 본사가 밀린 물건 대금을 언제 갚을 거냐고 독촉하기 시작했다. 말로는 갚겠다 약속하면서도 어떻게 해야 할지 알 수 없는 상황이었다.

결국 본사에서 수습방안을 제시했다. 대리점은 폐쇄하되, 임대보증금과 창고에 남아있는 재고 등 모든 자산은 본사가 소유하고, 대신 가게 자리가 임대될 때까지 한시적으로 매장은 계속 운영한다. 나와 아내에게 일정 금액의 월급을 지급하고 나머지 매출액은 본사에 귀속되는 조건이었다. 나는 이것저것 따지지 않았다. 합의서에 도장을 찍었다.

권리금이 비싼 가게라서 임대가 쉽게 이루어지지 않았다. 이럭저럭 2년이란 세월이 지난 2016년 10월에 마침내 임대되었다.

한 달의 기한을 두고 모든 것을 정리했다. 시원섭섭했다. 그동안 11년의 세월을 바치며 내게 양식을 주고 또 아이들을 교육할 수 있게 했던 가게였는데.

가게를 접던 날 저녁 아내와 둘이 호프집에 갔다. 한참 이야기를 나눴다. 아내는 지난 일은 잊고 앞으로 살 방법만 생각하자고 했다. 나도 동의했다. 지난 일을 복기해봤자 돌이킬 수 없고, 반전시킬 수는 더더욱 없을 터, 아내의 말에 깊이 공감했다.

아내가 장롱 속에 있던 공인중개사 자격증을 꺼냈다. 그리고 교육을 받으러 다니기 시작했다. 아내는 공인중개사로 새 삶을 설계하는데, 나는 어떻게 해야 하나. 많은 고민을 했다. 그때 마침 이사를 했다. 반전세의 보증금이라도 일부 활용하고 규모도 줄여야 했기 때문이다. 그런데 우리가 새로 살 집을 중개해준 부동산 사무실의 모습이 인상 깊게 와 닿았다. 아내가 공인중개사 자격증이 있고, 자격증이 없는 남편은 옆에서 보조로 함께 일하고 있었다. 그날 저녁 아내에게 나의 속내를 감추고 그 얘기를 했다. 아내의 반응은 무덤덤했다.

아내가 교육을 받는 동안 생각이 많았다. 이력서를 써 들고 취직 전선에 나설 것인가 등 오만 가지 경우를 놓고 고민했다. 결론은 아내와 공인중개사 사무실을 내는 것이었다. 아내에게 이 계획을 얘기했더니 아내도 같은 생각을 했다고 한다. 아내는 내게 공인중개사 자격증부터 따라고 했다. 그러나 나는 자격증은

한 사람만 있으면 되니까 난 보조로 해도 되잖으냐, 공부하는 시간을 차라리 아르바이트라도 하는 게 효율적이라는 논리로 설득했다. 아내도 동의했다. 고마웠다.

나는 지금 친구가 하는 회사의 영업을 도와주고, 주말엔 친구 회사 경비로 아르바이트를 한다. 아내는 부동산중개업소에 취직했다. 열심히 배워 따로 사무실을 차리면 나는 자격증이 없으니 보조로 함께 일할 수 있기를 꿈꿔본다.

에필로그 쓰기

에필로그는 말 그대로 끝맺음하는 글을 말한다.

자서전 쓰기가 막바지에 이르면 여러 소회가 몰려올 것이다. 도전정신 하나만으로 달려온 지금까지의 여정이 새삼스럽게 다시 보이고, 어느덧 마지막 지점에 도달했음이 한없이 뿌듯할 것이다. 스스로가 대견한 기분도 들 것이다. 에필로그에는 바로 이런 감상을 쓰면 된다. 프롤로그와 마찬가지로 어떠한 규정이 없다. 자서전을 끝낸 후기를 쓰면 되는 것이다.

구체적으로는 자서전 쓰기를 위한 준비 과정, 자서전을 쓰는 과정, 자서전 쓰면서 겪었던 어려움과 보람, 자서전을 쓰고 난 후 느낌. 아마도 이렇게 정리할 수 있을 것이다.

다만 이제까지 우리는 세세한 부분까지 메모를 기반으로 하여 이 메모를 죽 잇는 방식으로 글을 써왔다. 안정적인 글쓰기를 할 수 있다는 점은 좋았겠지만, 글을 쓰는 동안 새로운 착상이 떠올랐을 때 끼워넣기가 어렵고 틀에 박힌 듯한 글쓰기를 하는 느낌에 불만스러운 경험도 했을 것이다.

이제까지 줄곧 글쓰기를 하며 실력을 다져놓았으니, 이번에는 메모 없이 자연스럽게 흐름에 따라 글을 쓰는 연습도 해볼 차례다. 에필로그 쓰기를 한번 그 실습의 장으로 삼아보자.

염두에 둘 점은, 미리 쓸 내용을 정하지는 않더라도 '주제'는 정하고 써야 한다는 것이다.

또한 이런 방식으로 글을 쓰면 처음 생각한 것과 다른 주제의 글이 되는 일이 흔하다. 이 때는 처음으로 돌아가서 들을 다시 읽어보며 최종적인 주제에 맞지 않는 내용은 수정하도록 하자.

본문 예시

평소 나는 정말 글이라곤 써보지 않았다. 주로 영업이나 장사를 했던 터여서 숫자와 씨름했을 뿐, 글과는 거리가 먼 삶을 살아왔다. 품목이나 거래처 관련 보고서를 쓰는 정도가 전부였다.

그래서 딸과 자서전 쓰기를 약속한 후 고민이 많았다. 내가 글이란 걸 쓸 수 있을지, 하물며 책 한 권 분량의 원고를 쓸 수 있을지 자신이 없었다.

지푸라기라도 잡는 심정으로 자서전 쓰기 지침서들을 찾아 읽었는데,《나의 인생 이야기 자서전 쓰기》에서 카톡할 줄 알면 글 쓸 줄도 아는 것이라는 말을 보고 용기를 얻었다. 영업자 체질인 나는 평소 카톡으로 사람 챙기기를 잘한다. 답이 없어도 가족이나, 친구, 지인에게 열심히 카톡을 날린다. 사람에게 전하고 싶은 마음이 많으니 글도 쓸 수 있을 것 같았다. 책에서 제시하는 방법대로 한 꼭지 한 꼭지 따라 해보기로 했다.

자서전 쓰기에 도전하면서 나는 나 자신과 두 가지 약속을 했다. 첫째, 어떤 일이 있어도 끝까지 간다. 둘째, 밥을 안 먹더라도 하루 한 시간은 꼭 쓴다. 그리고 이 두 가지 다짐을 지키려고 부단히 애썼다. 가족들이 "우리 아빠가 달라졌어요."라고 놀리기까지 했다.

그런데 이제 끝이 보인다. 내가 살아온 이야기는 다 썼고, 마지막을 장식할 이 '에필로그'만 쓰면 그만이다. 누군가는 그랬다. 에필로그가 없는 책도 많다고, 그렇다면 이미 자서전을 다 쓴 거라고. 하지만 나는 이 글을 군이 쓰고 싶었다. 뭔가 제대로 된 끝맺음을 하고 싶어서였다.

자서전을 쓰는 과정은 정말 험난했다. 진부한 표현이지만 사실이다. 연보를 만들 때만 해도 어렵지 않았다. 생각나는 대로 적으면 그만이었다. 잊고 지냈던 일들이 하나하나 떠오르면서 재미 있는 추억여행을 하는 것 같았다. 그러나 마인드맵부터는 난관 의 연속이었다. 자소서 쓰기도 쉽지 않았다. 자료를 모았다고 다 글이 되는 것도 아니었다. 기억을 쥐어짜는 것도 고통스러웠고, 왜 이 고생을 사서 하는지 모르겠다는 자괴감도 들었다. 포기 직전까지 간 적도, 아니 솔직하게 말하면 잠시 포기한 적도 있었 다. 매일 한 시간씩 꼭 쓴다는 나 자신과의 약속을 어기고 열흘 넘게 중단했다.

내가 컴퓨터에 처박아둔 '자서전' 파일을 다시 소환했던 것은 친 구들과의 동창 모임이 계기였다. 친구들이 돌아가면서 요즘 관 심사를 이야기하는 중이었는데, 나도 모르게 자서전을 쓰고 있 다고 실토했다. 친구들이 난리가 났다. 네가 언제부터 글을 썼느 냐, 네가 글을 쓴다니 어울리지 않는다, 등등 별의별 얘기가 다 나왔다. 그때 약간의 오기 같은 것이 일었다. 집에 와서 자서전 파일을 다시 열었다.

하지만 오기만으로 글이 써질 리는 만무했다. 힘들었다. 종종 횡 설수설하면서 신세 한탄 같은 글을 썼다. 하지만 그 신세 한탄 같 은 글에는 살면서 마주쳤던 나의 모습이 조각조각 들어 있었다. 자서전이란 '지금의 나'가 '과거의 나'를 쓰는 것이라고 했던 책 속의 말이 생각나면서 위안도 되고, 내가 제대로 쓰고 있나보다 하는 자신감도 얻었다. 한 장이든 한 권이든 끝까지 써내고 말겠다는 목표의식이 생겼다.

쓰다 보니 조금씩 글 쓰는 맛을 알게 되었다. 나의 모습이 점차 입체적이 되어가는 것도 즐거웠다. 과거와 현재가 교차하는 것 같기도 했다. 예전에 싸웠던 친구를 새삼스럽게 이해하고 10년 만에 화해하게 된 것도 의외의 수확이었다.

나는 지금 내 글의 마침표를 향해 줄달음치고 있다. 이제 마침표한 개면 최종 버전은 아니더라도 자서전 초고의 마침표를 찍는다. 이 초고를 계속 진화시키면 언젠가 완성본이 될 것이다. 그 기대를 안고 수없이 고쳐 쓸 것을 다짐한다. 이제 정말 마지막 한 글자와 마침표만 남았다.

"끝" 그리고 ".".

Class 09
퇴고

퇴고의 의미

본문을 마무리하는 것은 엄청나게 숨가쁜 여정이다. 그렇지만 이게 끝이 아니다. 지금까지 쓴 글은 '초고'이다. 즉 수정이 필요한 글이라는 의미다. 지금 해도 되고, 잠시 묵혔다가 해도 되겠지만 언젠가는 지금까지 쓴 원고를 퇴고하여 '완전원고'를 만들어야 한다. 자서전 원고를 어떻게 수정하고 퇴고하는지에 대해 알아보자.

퇴고는 한자 '밀 퇴(推)'와 '두드릴 고(敲)'의 합성어이다. "완성된 글을 다시 읽어 가며 다듬어 고치는 일"을 뜻한다.

'퇴고'라는 말은 중국 고사에서 나왔다. 중국 당나라 때, 가도(賈島,779~843)라는 시인이 말을 타고 가다 시구를 떠올렸다.

새는 연못가 나무에 깃들고,

鳥宿池邊樹

달빛 아래 중은 문을 두드린다.

僧敲月下門

그런데 마지막에 '두드린다'는 의미로 '두드릴 고(敲)'를 쓸지, '민다'는 의미로 '밀 퇴(推)'를 쓸지를 결정하기 어려웠다. 고민하던 가도는 길에서 우연히 당대의 문장가 한유(韓愈, 768~824년)를 만났다. 가도가 한유에게 둘 중 어느 글자가 더 적당한 것 같으냐고 묻자, 한유는 한참을 생각하다가 '두드릴 고(敲)'가 낫겠다고 답했다. 이후 사람들은 글을 고치는 것을 '퇴고'라 했다. '퇴(推)' 자가 '추'로도 읽혀서 '추고'라고도 한다.

글자 한 자를 가지고 고민을 거듭하다 남에게 묻기까지 했던 시인의 경지는 아닐지라도, 우리 역시 써놓은 글을 고치기 위한 고민이 필요하다. 글은 고치면 고칠수록 좋아진다.

때로는 고치는 것보다 다시 쓰는 것이 빠르다

초고를 고치자는 말에 맞춤법부터 생각하는 사람이 있을지 모르겠는데, 일단 말리고 싶다. 지금 우리 앞에 놓인 원고의 상태를 보

라. 이 글을 자신 있게 다른 사람에게 보여줄 수 있을까. 대부분의 독자들은 이렇게 긴 글을 처음 써봤을 것이다. 이제까지의 과정은 글이라기보다는 연습이었다고 해도 지나친 말이 아닐 것이다.

그래서 퇴고가 아니라 아예 다시 쓰자고 제안하고 싶다. 고칠 부분이 많을 때는 이미 쓴 텍스트에다 첨삭하는 방식으로 좋은 결과물을 내기 어렵다. 지은 집이 마음에 안 들어 고치려면 아예 새로 짓는 것보다 더 품과 비용이 많이 든다. 글도 마찬가지다. 쓴 게 아까워 미련을 두다 보면 고쳐도 고쳐도 엇비슷하고, 글쓰기가 지겨워질지도 모른다. 그러니 아예 집을 허물고 다시 짓듯 다시 쓰기를 권한다.

물론 이제까지 쓴 것을 없던 것으로 하라는 뜻은 아니다. 다시 쓰되, 옛글을 디딤돌로 하여 다시 쓰는 것이다. 그 방법은 다음과 같다.

첫째, 지금까지 쓴 글을 처음부터 끝까지 정독한다. 단 읽을 때 오탈자나 잘못된 부분을 교정하려 하지 마라. 큰 흐름을 파악하면서 읽어라.

둘째, 기획에 대한 전반적인 고민을 다시 하여 수정한다. 처음 기획하여 정한 가목차에 따라 원고를 써 내려왔는데, 쓰기 전에 정한 목차와 쓰고 난 후의 목차에는 분명히 다른 점이 느껴졌을 것이다. 전반적인 자신의 인생을 복기해본 상황이므로 다시 기획하면 훨씬 더 알찬 나의 삶을 설계할 수 있을 것이다.

셋째, 새로 고친 목차에 따라 한 꼭지씩 다시 써나가되, 쓰기 전에 해당 부분의 초벌 원고를 소리 내어 읽고 나서 그 원고는 들여다보지 않고 새롭게 쓴다.

넷째, 쓰고 나서 새로 쓴 원고와 처음 쓴 원고를 비교·분석한다. 이 작업은 여러 가지로 글쓰기 공부에 도움이 된다. 한 꼭지를 마치면 처음 원고를 다시 읽어보면서 새로 쓴 원고가 어떻게 달라졌는지를 점검해본다. 그러면 문장을 어떻게 쓰는 것이 좋은지 몸으로 느끼게 된다.

퇴고의 요령

이렇게 원고를 처음부터 다시 쓰고 나면 이제부터가 앞에서 말한 '퇴고' 작업이다. 퇴고는 중복되거나 불필요한 내용을 삭제하고, 부족하거나 빠진 내용을 보충하며, 오·탈자 및 띄어쓰기는 물론이거니와, 문단이나 문장까지 손보는 교정교열 작업이다.

퇴고 역시 소리 내어 읽으면서 하면 쉽다. 부자연스럽고 호응이 안 되는 문장을 잡아내기가 좋다. 그럼 퇴고를 할 때 어떤 요소들을 점검해야 하는지 알아보자.

퇴고를 할 때는 큰 것에서부터 세세한 것으로 범위를 줄여가면서 수정한다. 단순하게 말하면 내용→문단→문장→오탈자와 부호 순으로 점검한다.

먼저 글을 전개해 나가는 과정에 해당 꼭지의 주제에서 벗어난 부분은 없는지를 체크한다. 어떤 글이든지, 한 꼭지든 한 문단이든 반드시 전하고자 하는 주제가 있기 마련이다. 그 주제와 상관없는 내용이 없는지, 또 더 보완할 내용은 없는지 점검해서 첨삭한다.

다음에는 문단과 문단이 자연스럽게 연결되는지 검사한다. 이야기가 뜬금없이 바뀌는 느낌이 든다면 중간에 연결고리가 빠졌거나, 상관없는 이야기가 들어간 것이다. 이 역시 보완한다. 내용에 문제가 없다면 앞 문단의 마지막 문장과 뒤 문단의 첫 문장을 손질하면 자연스럽게 이어지게 할 수 있다. 접속사를 삽입하여 문단과 문단, 문장과 문장 사이의 관계를 명확하게 해주는 것도 방법이다.

다음에는 문장 하나하나를 볼 차례이다. 문장의 주술관계를 살펴 비문(非文, 문법에 어긋난 문장)이 있는지 없는지 체크해 고친다. 숨가쁘게 앞만 보고 글을 쓰다 보면 자신도 모르게 비문이 양산되게 마련이다. 다시 찬찬히 읽어보면 어색한 부분이 발견된다. 주어는 있는데 이에 호응하는 술어가 없거나, 술어는 있는데 주어가 없는 식이다. 이때는 주어와 술어를 바르게 호응시키면 된다.

이 문장을 한번 보자. 등산로에 가면 자주 마주치는 경고문이다. "이 지역은 무단입산자에 대하여 자연공원법 제60조에 의거 처벌을 받게 됩니다."

얼핏 읽어보면 잘못된 부분이 없는 것처럼 보인다. 하지만 문장을 구성하는 가장 기본적인 요소만 살펴보면 잘못된 부분을 곧바로 발견할 수 있다. 이 문장의 주어는? '이 지역'이다. 그렇다면 '이 지역'과 호응 되는 술어가 있는지를 우선 살펴보자. 술어라면 '받게 됩니다.'이다. 그렇다면 이 문장을 최소화하면 "이 지역은 받게 됩니다."가 된다. '받다'가 타동사니까 목적어가 필요하다. '처벌'을 넣으면 "이 지역은 처벌을 받게 됩니다."가 될 터인데, 지역과 처벌받는다는 말은 호응하지 않는다. 처벌받는 대상은 사람이어야 한다. 따라서 이 문장은 "이 지역에 무단 입산하는 자는 자연공원법 제60조에 의거 처벌을 받게 됩니다."로 고쳐야 한다.

또한, 동사가 타동사냐, 자동사냐에 따라 목적어의 사용이 달라진다. "나는 학교를 뛰어갔다." 이 문장은 얼핏 보아 맞는 것처럼 보인다. 그러나 뛰어가다는 자동사로 굳이 목적어가 없어도 스스로 그 역할을 다한다. 그러므로 '학교를'이라는 목적어가 되레 어색하다. 그러므로 이 문장은 "나는 학교로 뛰어갔다"로, 학교 뒤에 붙는 조사를 '을' 대신 '로'로 바꾸는 것이 자연스럽다.

아울러 꾸밈말이 꾸미고자 하는 말과 제대로 호응하는지도 살펴 고친다. 관형사는 체언(명사) 앞에, 부사는 용언(형용사) 앞에 위치하는 것이 좋다.

오·탈자 수정은 물론이고 한글맞춤법에 따라 맞춤법이나 띄어쓰기, 문장부호 등도 바르게 써야 한다. 맞춤법에 맞게 글을 쓰기 위해서는 평소에 한글맞춤법에 관심을 두는 것이 중요하다. 한글맞춤법은 우리의 평소 언어생활에서도 얼마든지 공부할 수 있다.

엘리베이터를 타면 여러 가지 광고 스티커들이 붙어 있다. 버스, 전철에도 온갖 광고물이 넘친다. 그 광고물엔 우리의 무료한 시간을 달래줄 한글맞춤법 문제들이 수두룩하다. 그 활자들을 읽으며 교정하다 보면 어느덧 목적지다. 정답 확인은 스마트폰으로 하면 된다. 목운동하는 셈 치고 고개를 젖혀 광고물을 꼼꼼히 읽으며 한글맞춤법 공부를 하는 것도 괜찮을 것이다.

맞춤법에 자신이 없으면 다양한 프로그램이나 어플의 도움을 받을 수 있다. 흔컴 한글 프로그램으로 원고를 쓰면 맞춤법이나 띄어쓰기 등이 어법에 맞지 않을 때 빨간색 밑줄을 표시하여 알려준다. 빨간색 밑줄이 보이면 틀린 곳을 확인하고 고치면 된다. 부산대에서 만든 '한글맞춤법검사기'(http://speller.cs.pusan.ac.kr/PnuWebSpeller/)를 활용해도 된다. 네이버 같은 포털사이트에서도 비슷한 맞춤법 검사 서비스를 제공한다. 다만 이런 프로그램이나 한글맞춤법 검사기는 컴퓨터 알고리즘으로 문장과 단어를 검사하므로 완벽하지 않다. 불완전명사나 조사, 접미사를 가끔 혼동하여 안내하기도 한다. 100% 신뢰하지 말고 여러 방법으로 검증하는 것이 좋다.

Class 10

책 만들기

자서전 출판 과정

　지금 우리 앞에는 열심히 쓰고 퇴고까지 마친 자서전 원고가 놓여 있다. 이를 어떻게 책으로 만들 것인가.

　그런데 한 가지 짚고 넘어갈 것은 자서전을 쓰는 것과 책을 내는 것은 별개의 문제라는 점이다. 많은 사람이 자서전을 쓰면 반드시 책으로 내야 하는 것으로 생각한다. 그동안 우리가 읽은 다양한 자서전이 모두 책이어서 '자서전'을 '책'과 동일시하는 경향이 있다.

　사실 많은 사람이 자서전 쓰기에 선뜻 나서지 못하는 중요한 이유는 책으로 만들어야 한다는 부담감 때문이다. 자서전 내용의 상당 부분이 나의 프라이버시이고 또 가족이나 지인들의 프라이버시, 명예도 함께 걸려 있는 문제이다 보니 책으로 출간해서 세상에 내보이기가 쉽지 않다.

책으로 엮는 것을 망설이게 하는 또 하나의 걸림돌은 원고에 대한 자신감 부족이다. 나름 애써서 쓰고 고치고 다듬기를 반복해서 일단 마무리를 지었으나 이 글이 과연 다른 사람들 앞에 내놓을 만한 수준이 되는가 하는 점이 마음에 걸린다.

이런 점이 고민되는 사람에게 해줄 말이 있다. 썼다고 해서 꼭 내라는 법은 없다. 더구나 지금 탈고했다고 지금 책으로 내라는 법은 더더욱 없다.

우리가 쓰는 자서전은 '나를 위한, 나에 의한, 나의 자서전'이다. 내가 쓰고 내가 읽으면서 이미 1차 목표는 달성했다. 그 이상의 목표를 이루기 위해 책으로 낼지 말지는 내 마음에 달렸다.

또 하나 생각할 점은 지금 끝낸 이 원고가 내 자서전의 최종판이 아닐 수도 있다는 것이다. 시간이 흐르면 더 고치고 싶어질 수도 있고, 덧붙일 내용이 생각날 수도 있다. 충분한 시간을 갖고 내용을 보완하고 또 문장을 손보는 한편 10년 후, 20년 후 그동안 살아낸 삶을 덧붙여 완결판을 만들겠다고 하면 그렇게 하면 된다. 또 반대로 이번에도 책으로 내고 10년 후에 쓴 것은 그때 가서 또 내겠다고 하면 그것도 내 마음이다.

그러니 마음의 부담은 덜고, 만일 책으로 펴낼 경우 어떤 과정을 거치는지를 알아보자.

한 편의 원고를 책으로 출간하는 것은 쓰기만큼이나 새롭고 어려운 과정을 거치게 된다. 다행히 이 어려운 과정의 대부분은 출판사 편집자들이 짊어져준다. 더 쉽고 정확하고 읽기 편안하게 원고를 연마하는 것이 편집자의 일이다.

일단 써놓은 자서전 원고를 도서로 발행하려면 가장 먼저 해야 할 일이 '출판사 섭외'이다. 책을 서점에서 판매하기 위해서는 출판사 등록증을 취득하고 사업자등록을 해야 한다. 어떤 도서를 정식으로 유통하기 위해선 그 도서 고유의 도서서지정보번호(ISBN)를 발급받아야 하는데, 출판사 등록을 마친 업체만이 ISBN을 발급받을 수 있다. 출판사 등록 없이 책을 찍어내봤자 그 책은 서점에서 팔 수도, 도서관에 비치할 수도 없다. 따라서 정식 출간을 위해서는 출판사 섭외가 필수다.

저자도 책을 내줄 출판사를 찾고 있지만, 출판사 역시 출간을 위한 원고를 갖고 있는 저자를 찾고 있다. 저자와 출판사가 만나는 방법은 두 가지인데, 출판사 쪽에서 먼저 접근하는 '청탁'과 저자가 먼저 접근하는 '투고'가 그것이다.

출판사가 원고를 청탁하는 것은 대개 이름이 어느 정도 알려진 저자의 경우다. 출판사와 저자 사이의 개인적 연고도 중요하게 작용한다. 출판사는 유망한 저자에게 관심을 두고 정보를 수집하고 있다가, 그 작가와 성향이 맞는 기획이 있을 때 원고를 써 줄 것을 요청한다. 출간 경험이 없어도 어느 분야의 전문가이거나, 유명인은 출판사로부터 청탁을 받는 경우가 있다.

블로그나 SNS에 글을 올려서 주목을 받은 이들이 원고청탁을 받거나, 이제까지 쓴 글을 출간하자는 제안을 받기도 한다. 요즘 출판사 기획자들의 주 업무 중 하나는 인터넷 서핑을 하며 눈길 가는 블로그나 SNS를 샅샅이 뒤지는 일이다. 콘텐츠가 좋고 출판사 성향에 맞는 블로그가 있으면 섭외를 하여 기획안을 교환한다.

반대로 투고는 저자 쪽에서 출판사에 원고를 보내는 것이다. 메일로 무작정 원고를 출판사에 보내기도 하고, 나름의 연고를 활용하여 소개를 받은 후 원고를 전달하기도 한다. 보통 무명 저자는 원고를 다 완성한 후에 출판사와 접촉 하지만, 어느 정도 필력을 검증받은 작가는 기획안만 가지고 출판사와 계약을 하는 경우도 많다. 인기 작가쯤 되면 작업을 하고 있다는 정보를 출판사에서 먼저 얻어서 접촉해온다.

이미 원고를 다 써놓은 우리에게 맞는 방식은 투고이다. 예전에는 우편으로 원고뭉치를 보내야 했지만, 요즘은 원고 투고하기가 참 쉽다. 원고 파일을 무한히 복제할 수 있고, 또 이메일이라는 무료 전달 서비스까지 활용 가능하니 메일 주소만 알면 어느 출판사에든 투고할 수 있다. 이메일을 쓰고 보내는 약간의 수고로움만 감수하면 된다.

대부분의 출판사는 원고 투고를 받을 수 있는 이메일 주소를 공개하고 있다. 관심이 가는 출판사의 홈페이지에 들어가면 어렵지 않게 이메일 주소를 찾을 수 있을 것이다. 그 출판사에서 발행한 도서의 판권지에도 실려 있다. 이렇게 출판사 이메일을 수집한 다음, 원고에 간략한 소개글과 인삿말, 저자인 나의 약력을 덧붙여 이메일을 보내고 기다린다. 이때 꼭 한 군데에만 이메일을 보낼 필요는 없다. 출판사들이 원고를 검토하는 데에는 시간이 걸리므로, 동시에 여러 군데에 이메일을 보내고 반응이 있는 출판사 중 조건이 좋은 곳을 고르면 된다.

아쉽게도 투고를 했다고 출판사에서 꼭 반응을 보이는 것은 아니다. 출판사에서는 원고의 퀄리티는 물론 몇 부나 판매할 수 있을지까지 따져보고 수익이 예상될 때에만 출판 제의를 하기 때문이다. 자서전의 경우, 우리나라에서는 아직 전기물이 제 대접을 못 받는 경향이 있는데다 검증되지 않은 작가를 꺼릴 때가 많다. 그러다 보니 다른 분야보다 출판사 섭외가 어렵다.

하지만 퇴짜맞을 우려가 있다고 주저할 필요는 없다. 투고가 반려되는 것은 어떤 저자나 겪는 일이다. 시쳇말로 낯이 깎이는 일이 아니다. 그러니 할 수 있는 만큼 많은 출판사에 원고를 보내라. 지인에게 소개해달라고 부탁하는 것도 하나의 방법이다. 안 될 거라는 선입관을 버리고 밑져야 본전이라는 마음으로 과감하게 도전해보라. 다만 한 가지 염두할 것은 출판사에서 계약을 원치 않을 경우엔 결과에 대한 답신을 거의 하지 않는다는 사실이다.

투고나 지인 소개를 통해 좀처럼 출판사를 섭외할 수 없다면, 제작비 일부 혹은 전부를 내가 부담하면 더 쉽게 출판사를 구할 수 있다. 이를 '자비출판'이라고 한다. 인터넷에 검색해보면 자비출판을 해주는 출판사가 꽤 많이 나온다. 자비출판을 할 때에도 한 군데만 접촉하지 말고 여러 출판사에서 견적을 받아보고 결정하는 것이 좋다.

자비출판의 계약 조건은 여러 가지다. 제작비 전액을 의뢰자가 부담하는 예도 있고, 일정 정도 판매를 통해 제작비 회수가 가능하다고 판단되면 일부만 부담하는 방식도 있다. 이것은 출판사와 저자가 서로 협의하여 결정한다.

흔히 책을 몇 권(제작비에 해당하는 금액을 환산하여 부수 결정) 구매하겠다는 조건으로 계약하거나, 아니면 제작비 일체를 현금으로 부담하고 가져가는 조건도 있다. 이 조건도 서로 협의하면 된다. 책으로 가져가든 책을 사든 결국 마찬가지다.

반면 일반적인 출간 방식으로 자서전을 낸다면 인세를 받게 된다. 인세는 작가가 출판사로부터 받는 일종의 원고료라고 보면 된다. 인세는 A급 작가라면 통상 정가의 10%를 주는데, 신인일 경우엔 보통 7% 안팎 수준에서 결정된다. 이 경우 역시 출판사와 저자가 협의하여 조건을 결정하고 출판계약서를 작성한다.

출판계약서를 작성할 때는 계약금과 인세 지급에 대한 부분을 꼼꼼히 살핀다. 계약금은 통상 선인세로 지급되는데, 선인세란 출간되고 나서 팔릴 걸 예상해서 미리 인세를 주는 것이다. 인세 지급

시점이 어떻게 설정되어있는지도 살펴본다. 인세는 월별이나 분기별로 받기도 하고, 1년에 두 번 또는 한 번 받는경우도 있다. 책이 판매된 양을 적은 판매리포트를 저자에게 제대로 제공하는지도 확인해야 할 부분이다. 전자책 제작을 비롯하여 영화나 드라마 제작에 대한 권리 등 2차 저작권 문제도 꼼꼼히 따져야 한다.

전자책의 경우 종이책처럼 제작비가 많이 들어가지 않는다. 보통 종이책 파일을 전자책으로 변환하는 것이 크게 어렵지 않고, 한 번 만들어놓으면 계속 복제만 하면 되기 때문에 제작비가 추가로 들어가지 않는다. 전자책 제작비는 권 당 수십만 원 수준이면 가능하다고 한다. 그래서 전자책 인세는 종이책보다 많은데, 보통 순수익 중 50퍼센트를 산정한다.

또한, 초판을 다 팔고 난 다음 재쇄를 발행할 때 반드시 통보하도록 하는 것, 계약 기간(출판권은 보통 5년) 등도 세심하게 챙겨야 할 부분이다.

출판 계약을 체결하면 저자는 원고를 출판사에 넘긴다. 이때 원고에는 사진, 도표, 삽화, 출처 자료 등 출간에 필요한 모든 내용이 포함되어 있어야 한다. 이것을 완전원고라고 한다. 사진이나 그림의 경우 나에게 저작권이 없는 것은 함부로 책에 실어서는 안된다는 점을 명심하자.

이후 책 만드는 공정은 출판사의 몫이다. 어떤 판형(책 크기)으로, 어떤 콘셉트로 책 디자인을 할 것인지에 대해서는 출판사가 고민할 일이다. 사실 이제부터 저자가 할 일은 크게 많지 않다.

출판사 편집자가 책의 형태로 편집을 한 후 교정지를 보내오면 그걸 꼼꼼히 점검한다. 우선 텍스트에서 수정할 부분을 표시함과 아울러 사진은 제자리에 있는지, 혹 빠진 사진이나 빼도 좋을 사진은 없는지 등을 표시한다. 문장의 흐름을 부드럽게 다듬고, 미처 잡아내지 못한 비문, 오·탈자는 물론 띄어쓰기 같은 한글맞춤법도 수정한다. 발견된 수정사항은 모두 교정지에 빨간 펜(빨간 펜을 쓰는 것은 작업자가 쉽게 알아볼 수 있게 하기 위한 것이다.)으로 표시한다. 이 교정 작업은 편집자가 두서너 차례 진행하고, 저자에게도 1회 정도 교정지를 보고 고칠 것은 고치도록 한다. 대부분 마지막 단계에서 저자에게 교정지를 전달한다. 그러나 첫 교정지에서도 저자가 체크를 하는 것이 완성도를 높이는 데 도움이 된다.

출판사 편집자는 본문 작업을 진행하면서 동시에 원고 콘셉트에 맞는 표지 시안과 문구를 만든다. 표지를 결정할 때는 책의 내용과 특성을 잘 전하고 있는지에 무게를 두고 판단하되, 아름답고 호감이 가는지도 함께 고려하여 판단하는 것이 좋다.

표지에 들어가는 문구는 위치별로 역할이 다르다. 앞표지와 뒷표지에는 책의 성격을 소개해주는 카피와 소개 문안이 들어가고, 앞날개에는 저자 소개, 뒷날개에는 보통 출판사의 출간 도서 소개가 들어간다. 앞날개의 저자 소개는 저자가 약력을 제공하면 출판사가 이를 바탕으로 쓰기도 하고, 저자가 직접 쓰는 경우도 있다.

나를 소개하는 문구이므로 오타, 잘못된 사실 등이 없는지 직접 꼼꼼히 살펴야 한다.

이렇게 해서 편집 작업이 끝나면 그다음 공정은 인쇄 및 제본 단계. 여기서도 저자가 할 일이 거의 없다. 종이는 원고의 내용과 형식에 잘 맞는 종이를 선택하는데, 통상 본문 용지는 미색 모조를 사용한다. 미색은 색깔이 연하게 있어서 읽을 때 눈의 피로감을 덜어준다. 간혹 사진 중심의 책인 경우엔 컬러가 잘 인쇄되도록 백색 종이를 사용하기도 한다. 부수와 정가는 출판사가 판매예측 부수와 출판 분야별 도서 발행 트렌드에 따라 결정한다.

책 제작 공정을 간략하게 살펴보자. 우선 출판사에서 편집한 파일을 PDF로 변환하여 인쇄소에 넘기면 인쇄소는 이 파일로 인쇄 기판을 만들고 그 판을 인쇄기에 걸고 인쇄를 한다. 표지에 에폭시(특정 부분에 투명한 비닐 성분을 입히는 작업)나 형압(글씨가 위로 도드라지거나 안으로 들어가게 하는 작업), 박(금박, 은박, 먹박과 같이 제목을 얇은 판박으로 글씨를 새기는 것)과 같은 후가공을 하기도 한다. 또한, 표지에 때가 타는 것을 막기 위해 통상 무광이나 유광 코팅작업을 한다.

인쇄가 끝나면 인쇄물을 책으로 묶어내는 제본작업을 진행한다. 제본에는 중철, 무선, 양장, 반양장 등이 있는데, 우리가 흔하게 만나는 방식은 무선제본이다. 인쇄한 전지 한 장을 접어 모두 한 다발(통상 1대 32쪽)로 만들고, 접힌 곳의 등을 톱으로 긁거나 칼집을 넣은 후, 그곳에 접착제를 발라 제본하는 방식이다. 이러한 무선제본은

비용이 적게 들어 가장 선호한다. 양장은 '하드커버'라고 부르는 방식인데, 책 표지로 딱딱한 합지를 사용하고, 본문은 접착제 대신 실로 묶는다(사철이라 부른다). 비용이 많이 들어 소장용이나 고급 책에 사용한다. 반양장은 내지는 양장 제본처럼 사철로 인쇄용지를 묶지만, 표지는 접착제로 제본한다. 스테이플러 같은 철심으로 제본하는 중철 방식은 단행본에서는 거의 사용하지 않는다.

편집자는 책에 고유번호를 부여하기 위해 국립중앙도서관에 ISBN(International Standard Book Number, 국제 표준 도서 번호)을 신청한다. 국립중앙도서관에서는 고유번호와 함께 가격 정보를 넣은 바코드를 발급해주는데, 도서를 판매하려면 꼭 이를 책 뒤표지에 수록해야 한다.

이런 공정을 거치면 우리가 쓴 원고는 책으로 만들어진다. 똑같은 글이라도 원고 상태로 읽는 것보다 책으로 읽는 것이 훨씬 감동적이다. 내가 쓴 글이라면 말할 나위도 없다. 이는 겪어보지 않으면 모를 짜릿함이다.

제3부

좋은 글쓰기
친구들

우리가 쓰고 있는 자서전은 나와 관련된 자료들을 구슬을 실에 꿰듯 글에 꿰어내는 과정이었다. 우리는 그동안 '일단 쓰자'는 원칙에 충실하며 써왔고, 글이 어떤 모습인지에 대해서는 크게 괘념치 않았다. '쓰는 것'이 중요했지, '잘' 또는 '제대로'로 쓰는 것은 다음 문제였다.

하지만 이제는 입장이 달라졌다. 글쓰기를 거듭하다 보면 초보였다 해도 글이 자연스레 진화를 거듭한다. 자신이 느끼기에도 글이 점점 좋아지고, 더 잘 쓸 방법이 있겠다는 생각이 든다. 문리(文理, 문장의 이치)를 깨우치고, 깨우친 문리를 발전시키면서 좋은 문장을 추구하게 되는 것이다. 이왕 쓰는 것 제대로 잘 쓰고 싶은 것이 우리 모두의 바람 아닌가.

글을 잘 쓰려면 어떻게 해야 할까. 글쓰기에 관심이 있는 사람이라면 으레 갖고 있을 궁금증이다. 노력하면 는다고 하지만, 무슨 노력을 어떻게 해야 할지가 문제다.

지금부터 좋은 글을 쓰기 위해 당신이 할 수 있는 실천들을 '글쓰기 친구들'이란 이름으로 소개하려고 한다. 노력이라는 것도 특별한 것이 아니다. 성실하게 많이 쓰면 쓸수록 느는 것이 글이다. 그러니 많이 써보면 된다. 지금부터 얘기하는 것들을 허투루 듣지 말고 맘에 새기고 글을 쓰기 바란다. 당신의 더 좋은 글을 위해서.

여기서 말하는 '글쓰기 친구들'이라는 것은 자서전을 쓰기 시작할 때 가져봄직한 마음가짐과 쓰면서 자연스럽게 활용하면 좋은 팁들을 모아놓은 것이다. 지금 당장 활용해야 할 것도 있고, 천천히 활용해도 될 것들이 있다. 각자 필요한 것만 우선 활용하고 나머지는 나중으로 미루어도 좋고, 모두 수용 가능한 사람은 처음부터 활용하는 것도 좋다. 아니면 아예 무시한다고 해도 상관없다. 편한 대로 하면 된다.

책을 많이 읽어라

글쓰기 책 열에 아홉이 맨 앞에서부터 강조하는 사항이 있다.
"잘 쓰려면 읽기부터 하라."

왜 항상 '읽기'를 강조할까. 읽기는 쓰기와 어떤 관계가 있을까.

독서는 교양과 지식, 나아가 삶을 위한 지혜를 얻을 수 있는 행위이다. 우리가 아는 것은 대부분 책에서 얻은 지식이라고 해도 크게 틀리지 않다. 내가 직접 그 책을 읽었거나, 아니면 그 책을 읽은 누군가를 통해 전달받은 것이다. 그만큼 독서는 우리 생활과 밀접한 관계를 맺고 있다.

더욱이 우리 삶에서는 글을 써야 하는 경우가 많은데, 글쓰기는 다양한 지식과 경험을 동원해야 하는 작업이다. 하지만 그 모든 지식과 경험을 우리가 직접 얻거나 겪을 수는 없다.

그래서 필요한 것이 독서이다. 책에는 우리가 전혀 모르고 있는 갖가지 다양한 지식과 기상천외한 경험들이 풍부하게 들어있다. 그러므로 책을 읽음으로써 지식과 간접경험을 쌓을 수 있다. 이것만 보더라도 글쓰기에서 읽기를 강조하는 것은 당연하다. 독서는 다양한 지식과 경험을 얻기 위한 최적의 수단이다.

그리고 글 쓰는 사람에겐 독서에서 얻을 수 있는 덤이 한 가지 있다. 책 읽는 행위가 곧 문장 공부라는 점이다. 책을 읽다 보면 깊이 공감하며 마음속에 담아두고 싶은 좋은 문장을 만나기 마련이다. 이런 문장을 거듭 읽고 또 되새기면서 문장의 이치를 깨닫게 되고, 이런 표현을 닮아보려고 노력하는 과정에서 저절로 문장공부를 하게 된다. 그러니 글을 쓰려면 읽기부터 하라고 강조하지 않을 수 없다.

사람들은 내게 책을 어떻게 읽어야 하느냐는 질문을 자주 한다. 하지만 나는 특별한 독서법이 없다. 그냥 닥치는 대로 읽는다. 나는 처음부터 거창한 목적을 정해놓고 책을 읽지 않는다. 무엇을 어떻게 읽을 것인가도 크게 의식하지 않는다. 독서의 목적과 방법을 너무 의식하면 독서 자체가 너무 경직되고, 책 고르는 데 시간이 너무 많이 들어가기 때문이다. '장고 끝에 악수'라는 바둑 격언처럼, 많은 시간을 들인다고 해서 꼭 맘에 드는 책을 고르는 것도 아니거니와 어떤 경우엔 읽을 책을 선택하지 못하기도 한다. 그 때문에 나는 눈앞에 보이는 책 중에서 일단 호기심을 끄는 책을 집어 든다.

　물론 이렇게 책을 고르면 함량 미달의 책이나 흥미롭지 못한 책을 만날 수도 있다. 그러면 다시 호기심을 끄는 책을 골라서 읽어나가면 된다. 혹 책 잘못 고른 덕택에 그 책을 읽는 동안 읽고 싶은 책이나 분야가 생각날 수도 있다. 그렇다면 원하는 책이나 분야를 선택하여 읽으면 된다. 책을 읽으면서 궁금증이 생긴 경우엔 군이 따로 설명하지 않아도 되리라. 궁금증을 해소해 줄 수 있는 책을 찾아서 읽으면 되니까.

　그런데 이렇게 특정 분야만을 고집하지 않고 호기심과 궁금증을 쫓아 책을 읽다 보면 어느 즈음에 자신의 독서 좌표가 애초 출발한 지점에 다시 와 있다는 사실을 발견하게 된다. 내 생각과 가치관이 반영된 질문의 답을 찾기 위해 책을 선택해나갔기 때문이다. 해서 독서 코칭이라는 게 특별한 게 없는 셈이다. 결국 나 스스로 독서 이력서를 채워나가게 되는 것이다.

단 독서에 특정한 목적이 있다면 사정이 다르다. 지금 우리의 독서 목적은 글쓰기, 즉 자서전 쓰기에 필요한 지식과 경험을 얻기 위함이다. 짧은 시간에 필요한 정보를 얻으려면 약간의 요령이 필요하다.

그럼 읽을 책을 골라보자. 지금 우리는 '자서전 쓰기'에 나섰고, 이 꼭지의 글감이 '책을 많이 읽어라'이다. 그렇다면 이 두 명제의 공통분모는 무엇일까. 그렇다. 자서전이다.

자서전을 독서 목록 1순위로 올리는 것은 다른 사람은 자서전을 어떻게 썼는지, 글쓰기 방식이나 내용, 형태 등을 종합적으로 들여다볼 수 있기 때문이다.

다만 너무 많은 자서전을 읽는 것은 되레 독이 될 수 있다. 전형적인 플롯을 반복해서 접하면 그것이 꼭 법칙처럼 받아들여질 수도 있기 때문이다. 많은 자서전들이 붕어빵 틀에서 찍혀나온 붕어빵처럼 비슷비슷한 모습인 건 자서전 기획, 코칭이 비슷한 틀로 이루어지기 때문이다. 그러나 손으로 빚은 빵이나 만두가 다 제각각의 모습이듯 모든 자서전은 다 저마다 다른 것이 정상이다. 해서 형식이 다른 자서전 몇 개만 읽어도 된다. 개인적으로는 유시민의 《나의 한국현대사》, 프랭클린의 《프랭클린 자서전》(문예출판사)과 소설가 최인호의 《나는 나를 기억한다》(여백미디어) 등을 추천한다.

유시민의 《나의 한국현대사》를 추천하는 이유는 '자료 찾기'에서 설명한 바 있다. 《프랭클린 자서전》도 '프롤로그 쓰기'의 예문에서 언급한 바 있다. 소설가 최인호의 《나는 나를 기억한다》는 엄밀히 말하면 자서전이 아니라 자전적 에세이다. 자신의 삶에 대해 쓴 에세이들을 작가 사후에 하나로 묶은 책이기 때문이다. 같은 자전적 에세이라도 어떤 시각을 유지하느냐에 따라 서술 자체가 달라진다는 것을 느끼게 해준다. 시종 담백한 문체지만, 소설가의 감성이 배어나는 문학적 표현이나 다양한 메타포를 통해 행간에 감춰둔 의미를 캐는 재미도 쏠쏠하다.

자서전 추천은 이 정도로 하고, 다른 분야의 책을 알아보자. 나의 기억을 되살려주거나 내가 살아온 시대의 역사를 알게 해주는 책을 가장 먼저 꼽아야 할 듯싶다. 그렇다면 현대사에 관한 책을 골라 읽는 게 도움이 된다. 역사적 사건을 통해 나의 추억이 떠오르기도 하거니와, 내가 겪은 역사적 사건의 실체를 다시 한 번 들여다보며 내 생각을 정리할 수 있기 때문이다. 이는 자료 수집과 취재의 연장선이다. 그리고 나의 직업과 관련한 책들을 읽어두는 것도 중요하다. 막연하게 체득하고 있던 직업에 관한 지식이 글로 표현할 수 있도록 말끔히 정리된다.

단, 책을 읽을 때 피상적으로 내용만 읽지 말고 깊이 생각하면서 행간까지 읽어내는 것이 좋다. 물론 초독 때 행간까지 읽어내려면 한 권 읽는데도 상당한 시간과 인내력이 요구된다. 이에 나의 독서법인 '질문하면서 읽기'를 소개한다. 읽는 동안 내용에 관하여 끊임없이 질문하고 답하면서 생각하다 보면 그 책의 행간에 숨겨진 의미까지 와닿는다. 가령,《레미제라블》에서 수녀가 장발장을 숨겨주는 장면이 나온다. 수녀는 그동안의 행적을 보고 장발장이 선한 인물임을 알고서 그를 숨겨주지만, 성직자가 탈옥수를 숨겨주는 것이 과연 합당한가 하는 궁금증이 든다. 이런 식으로 물으면서 읽는 것이다.

또 하나, 일정 속도로 읽으면서 중요한 부분에 밑줄을 그어 두고, 다 읽고 나서 밑줄 친 것만 따로 리뷰하면서 행간의 의미를 찾는 것도 효율적이다. 궁금증이나 특정 부분을 읽고 난 감상을 그때그때 책에 메모하는 방식도 좋다. 책을 읽다가 특정 부분에서 떠오른 생각은 바로 그때 메모하지 않으면 잊히게 마련이다. 곧바로 메모하는 습관을 들여야 그 생각을 오롯이 건질 수 있다.

매일 규칙적으로 써라

어떤 일을 하더라도 그렇겠지만, 특히 자서전을 쓸 때는 꼬박꼬박 매일 규칙적으로 쓰는 습관을 들일 필요가 있다. 그렇지 않으면 귀찮다거나 깜박했다며 특별한 이유도 없이 그냥 지나치기 쉽다. 한 번 지나치는 일이야 있을 수 있다. 하지만 한 번이 두 번 되고, 두 번이 세 번 되고……. 그러다 보면 "에잇, 모르겠다!" 하는 식으로 글쓰기를 중도에 포기한다. 누구나 누구나 운동이나 공부를 다짐했다가 비슷한 경험을 했을 것이다. 마찬가지다. 글쓰기도 습관이 붙어야 탄력이 생기고 속도가 난다. 일상적인 에세이 한 꼭지라면 한 자리에서 후딱 다 쓸 수 있고, 그렇지 않더라도 맘먹고 두서너 번 쓰면 완성이 된다. 그러나 자서전은 그렇게 두서너 번의 쓰기로 완성할 수 없다.

자서전은 나의 수십 년 세월을 서술하는 작업이다. 하루 이틀에 끝날 작업이 아니다. 글을 늘 쓰는 프로 작가라 해도, 적어도 두세 달은 걸린다. 하물며 글쓰기 초보인 우리는 쉽게 가늠할 수 없다. 사람마다 다를 수 있지만 적어도 6개월은 걸린다고 보는 것이 합리적인 추론 아닐까. 글쓰기가 아직 낯설기도 하거니와 기술도 생각보다 서툴기 때문에 이보다 더 걸린다고 하는 게 맞을 듯싶기도 하다.

그러므로 자서전 쓰기는 성실함과 지구력으로 무장하지 않으면 끝까지 완주하기가 힘들다. 몸에 습관화시키고 또 반드시 해야 하는 일과 중의 하나가 되어야 끝까지 써낼 수 있다. 하루 중 특별한 시간을 정해서 반드시 쓴다는 원칙을 세워라.

나는 가족들이 모두 잠들어 있는 새벽 시간에 주로 글을 쓴다. 고요할 뿐만 아니라, 전화도 오지 않고, 일상이 시작되기 전이어서 방해 없이 몰입하기에 최상이다. 출근이나 일 때문에 새벽이나 일과 중에 시간을 내기 어렵다면 저녁 잠자리에 들기 전에 일기 쓰듯 쓰는 것도 좋다.

가급적이면 1시간, 2시간 하는 식으로 일정한 시간을 정해 두고 규칙적으로 그 시간 만큼 쓰는 것이 좋다. 많은 사람이 목표 분량을 정해놓고 작업하려고 하는데, 정해진 시간 안에 일정량을 쓰는 건 프로 작가들에게도 쉬운 일이 아니다. 게다가 프로 작가는 글 쓰는 일이 직업이지만, 우리는 분량 채우는 데에 목적을 두면 일상 생활이 영향을 받는다. 정한 분량을 채우고 나면 대부분 예정한 시간을 훌쩍 넘길 것이고, 결국 부담스러운 일이 되어 스트레스를 받는다. 이는 바람직하지 않다. 다 삶의 질을 좋게 하려고 하는 일인데 스트레스가 되어서야 되겠는가. 그래서 처음에는 양보다는 시간을 정하라고 조언하고 싶다. 단 한 줄을 쓰든 한 장을 쓰든, 아니면 아무것도 쓰지 못하든 일정 시간 동안 반드시 자서전과 씨름하도록 한다. 시간을 정해놓고 매일 습관적으로 글을 써나가면 자신의 글쓰기 속도를 어느 정도 알 수 있을 것이다.

처음에는 아무리 애써도 한 줄 쓰기가 버겁고, 이틀 사흘, 아니 한 달이 지나도 늘 제자리걸음이어서 답답할 것이다. 당연하다. 글쓰기 실력이 하루가 다르게 쑥쑥 는다면 직업을 작가로 바꾸어야 할 것이다.

글쓰기 실력이 늘지 않는다고 아우성치는 것은 대부분 조급해서다. 우물에 가서 숭늉을 찾기 때문이다. 우리가 여기서 명심해야 하는 것이 있다. 이 자서전은 끝내야 하는 시간이 정해져 있는 것이 아니다. 내가 끝내고 싶을 때 끝내면 된다. 조급할 필요가 없다.

그리고 또 하나. 즐겨라. 《논어》〈옹야편〉에 보면 "아는 사람은 좋아하는 사람만 못하고, 좋아하는 사람은 즐기는 사람만 못하다

(知之者 不如好之者 好之者 不如樂之者)"라는 말이 있다. 즐기는 일에는 싫증을 느끼지 않는다. 매일 새롭다. 지루할 틈이 없다. 즐기는 사람은 얼굴에 나타난다. 그러니 싫은 걸 억지로 하지 말란 얘기다. 할 마음이 조금이라도 있으면 자신이 없어도 일단 시작하는 게 좋고, 내가 할 일이 아니다 싶으면 애당초 그만두는 것이 낫다. 싫은 걸 억지로 하려고 하면 힐링이 아니라 오히려 스트레스가 쌓인다.

그러나 자신이 없어도 조금씩 써나가는 것이 재미있다면, 긍정적인 마음으로 하루 이틀 반복되는 추억 놀이는 나도 모르게 습관이 될 것이다. 그리고 그 습관은 한 권의 자서전을 선물할 것이다.

독자를 특정하라

어떤 글이든 쓰기 전에 반드시 결정해야 하는 것이 몇 가지 있는데, '독자'가 누구인지를 정하는 것도 그중 하나다. 독자가 없는 자서전은 있을 수 없다. 혹자는 이 자서전은 나 혼자 보기 위한 자기 고백인데, 굳이 독자를 생각할 필요가 있느냐고 할지도 모르겠다. 그러나 그 말은 틀렸다. 글을 쓴 나도 그 글을 읽는다면 분명히 '독자'이다. 그 이유는 조금 있다 설명하기로 하고 독자의 중요성에 대해서 먼저 살펴보자.

자서전을 쓰는 이유로 가장 많이 꼽는 것은 누군가에게 정신적 유산을 남기기 위해서라고 한다. 자신의 삶을 들려줌으로써 때로는 정면교사로, 때로는 반면교사로 삼길 바라는 것이다. 그 대상은 자식들일 수 있고, 친척들일 수 있고, 불특정 다수일 수도 있다.

어릴 적에 일기 쓰기 방학숙제를 개학 하루 전날 몰아서 썼던 추억 이야기가 있다고 하자. 독자가 누구냐에 따라 어떻게 서술이 달라지는지를 알아보자. 듣는 이가 자식이나 손자 손녀라고 하면 아마도 이런 식으로 서술할 것이다.

"그땐 일기 쓰기가 참 고역이었는데, 지금 생각해보니 참 좋은 자기 성찰의 시간을 주었다. 그리고 매일 일기를 쓰면 나중에 한꺼번에 억지로 쓰는 것보다 훨씬 편하고 거짓말을 만들지 않아도 된단다, 그러니 너희들도 꼭 일기는 매일 쓴다는 생각으로 실천해라."

이처럼 공자 왈 맹자 왈이 될 확률이 높다. 그런데 친구들과 이 소재로 이야기를 나눈다면 어떻게 될까? 교훈적인 이야기를 꺼내는 친구는 당연히 없고, 그 일로 빚어진 갖가지 추억들을 떠올리며 깔깔거릴 것이다. 남의 일기장을 베꼈다가 들통난 일, 날씨를 잘못 적어 엉터리로 지어 쓴 것이 들킨 일, 일기를 안 썼는데 깜박하고 안 가져왔다고 둘러댔다가 내일까지 가져오라는 선생님의 말씀에 밤새 낑낑대고 써간 일, 이런 것을 추억하며 즐겁게 웃을 것이다.

이렇게 듣는 이가 누구냐에 따라 같은 소재라도 내용이 달라지고, 이야기 전개 방식도 달라진다. 그래서 독자를 특정하는 것은 글쓰기의 기본이자 가장 중요한 요소이다.

그런데 앞에서 어떤 글이든 누군가가 읽을 것을 전제해야 하고, 그중에 나 자신도 독자가 된다고 말했다. 우리는 누구에게 읽히기를 바라기에 앞서 우선 나 자신의 삶에 대한 고백록을 써보자는 취지에서 자서전 쓰기를 시작했다. 누구에게 보이지 않는다는 것만으로도 엄청나게 부담이 줄어들어 자서전 쓰기에 도전한 사람도 있을 것이다. 남이 보지 않는다는 것은 그만큼 쓰는 이에게 자유를 부여한다. 쓰고 싶은 것을 맘대로 쓸 수 있고, 또 문장이 되든 안 되든 상관없이 나만의 글로 쓸 수 있기 때문이다.

그런데 나만의 고백록이라 하더라도 그냥 써놓고 끝나는 일이 아니다. 언젠가는 다시 한 번 읽어보기 마련이다. 글을 다듬기 위해서라도 다시 읽게 된다. 그렇다면 당연히 나는 그 자서전의 독자가 된다.

그 유명한《프랭클린 자서전》은 큰아들에게 자기가 살아온 인생을 이야기하는 방식으로 썼다. 그래서 맨 처음이 이렇게 시작된다.

"사랑하는 아들에게!"

그래서 이 책의 원문인 영어엔 반말이 따로 없지만, 우리말로 번역할 땐 반말체를 확실하게 반영했다. 그러므로 본격적으로 자서전을 쓰기에 앞서 독자를 누구로 할 것인지부터 특정하여야 한다.

수다쟁이가 되어라

병은 깊을수록 떠벌리라는 말이 있다.

아프다는 사실을 공개적으로 말하면 우선은 마음속에 있는 울화를 배설하는 효과가 있어서 심리적 카타르시스를 느낀다. 아울러 병 이야기를 들은 사람은 직접 경험했든 귀동냥을 했든 그 병과 증상에 대해 자신이 알고 있는 온갖 치료 정보를 들려준다. 그 정보는 종합병원 전문의 소개부터 민간요법에 이르기까지 다양하다. 난치병으로 고생하는 환자일수록 지푸라기라도 잡는 심정으로 관심을 둔다. 때로는 그렇게 얻은 정보 덕에 좋은 의사를 만나기도 한다.

'초등학교 3학년 때 단체로 벌 받았던 이야기'를 자서전에 쓴다고 해보자. 나 자신이 이 사건의 자초지종을 또렷하고 생생하게 기억한다고 해도, 과연 내가 그 사건의 실체에 얼마나 사실적으로 접근할 수 있을까는 의문이다. 특히 나와 관련된 사건에 접근할 때에는 자신에게 유리한 것만 기억하려 한다. 그래서 실체적 진실에 접근한다는 것은 쉬운 일이 아니다.

더구나 수십 년이 지난 지금 그 기억을 되살려야 하는 상황이다. 내 뇌는 당연히 나에게 유리한 것만 골라서 하는 '선택적 기억'을 내놓을 공산이 크다. 그러니 사건이 있었다는 사실 외엔 영 믿을 수 없는 기록이 될 수 있다.

그러므로 병을 세상에 떠벌려서 다양한 정보를 얻듯, 친구, 특히 초등학교 동창들에게 내가 자서전을 쓰고 있다는 사실과 지금 '초등학교 3학년 때 단체로 벌 받았던 이야기'에 대한 증언을 듣는다고 광고를 해보라. 전혀 기억에 없는 의외의 사실들이 답지할 것이다. 친구들의 증언 역시 친구들 각자에게 유리한 '선택적 기억'일 가능성이 크다는 점만 감안하면 최고의 취재가 될 것이다.

이렇게 모인 정보를 바탕으로 사건의 실체를 복원할 때는 최대한 객관적 입장에서 접근하도록 노력해야 한다. 물론 실제 자서전에서 이 사건을 쓸 때는 쓰는 이의 주관적 코멘트를 넣기 마련이지만, 자료 차원에서 복원할 때는 일단 객관성을 확보하는 것이 중요하다. 그리고 나름 객관적으로 복원한 것은 다시 한 번 친구들에게 검증하는 과정을 거치는 것이 좋다.

자서전을 쓰면서 수다를 떨면 좋은 점이 또 하나 있다. 실타래 같이 엉켜있던 내용이 수다를 떠는 과정에서 자연스럽게 정리된다는 점이다.

내가 편집주간으로 있던《책과 삶》'데스크 칼럼'을 쓸 때 일이다. 박근혜 대통령 탄핵심판이 진행중이던 2017년 초였다. 사실 나는 글을 빨리 쉽게 쓰는 편이어서, 이 글도 금방 쓸 수 있겠다는 자만심에서 인쇄 하루 전까지 미뤘다. 그런데 도무지 글이 써지지 않았다. 대통령 탄핵을 소재 삼아 뭔가 그럴듯하고 유식하게 설명하려는 지적 허영심이 발목을 잡았다. 몇 번을 고치고 다시 써도 비슷했다. 그날 무거운 마음으로 퇴근한 나는 밤새 끙끙거리며 칼럼을 구상했지만 소용이 없었다. 그래서 다음날 출근하자마자 기자들 모두가 있는 자리에서 칼럼 쓰기가 너무 힘들다고 호소하며 쓰다 만 내용과 정리 안 된 내용에 대해 횡설수설 풀어놓았다. 수다를 떤 것이다. 기자들은 귀를 막고 자신의 기사 마감하느라 듣지 않았을 것이지만 나는 수다를 떠는 과정에서 신기하게도 구상을 정리했다. 그리고 30분 만에 200자 원고지 10매 분량의 칼럼을 뚝딱 썼다.

글쟁이 중에 수다쟁이가 많은 이유는 바로 이런 데 있다. 소설가 황석영이나, 미술사학자 유홍준 등에게 붙여진 별명이 '구라'인 이유도 비슷할 것이다.

자서전을 쓸 때 수다쟁이가 되라는 말은 이런 뜻이다. 수다가 희미한 기억을 되살리고, 선택적 기억력의 한계를 극복해주는 매우 유용한 수단이 되기 때문이다. 또한, 실타래처럼 엉킨 정보들을 일목요연하게 정리하는 효과를 발휘한다.

자신만의 목소리로 말하라

모방이 창조다. 글쓰기 책에서 으레 하는 충고다. 지극히 당연한 말이다. 사실 지금 우리가 쓰는 글 중에서 새롭게 창조한 것이 얼마나 있을까. 새로운 것이라고 꺼내 놓는 것 대부분이 나도 모르게 읽고 보고 들었던 것일 확률이 매우 높다. 오늘날 글을 쓰는 사람들에게 모방은 피할 수 없는 일이다.

나는 글쓰기를 공부하는 사람에게 반드시 필사를 권유한다. 유명 작가들이 습작 시절 반드시 했던 문장공부 중의 하나가 유명 작품 필사였다. 나 역시 필사를 했다. 황석영의 〈삼포 가는 길〉, 오정희의 〈중국인 거리〉, 김승옥의 〈무진 기행〉, 이청준의 〈잔인한 도시〉 등 내가 습작 시절 필사했던 작품 목록이다.

글쓰기에 익숙하지 않은 사람은 나름 썩 괜찮다고 생각하는 작품을 선정하여 그 작품을 그대로 베끼면서 문장 구성과 단어 쓰임을 살펴보면 자신의 글을 쓰는 데 많은 도움이 된다. 글을 눈으로 읽는 것과 실제 필사하면서 몸으로 읽는 것에는 엄청난 차이가 있다. 필사하다 보면 자신도 모르게 문장이 몸속으로 들어온다는 느낌을 받곤 하는데, 그런 경험을 하고 나면 문장력이 많이 좋아졌음을 느낄 수 있다.

그런데 이 과정에서 한 가지 조심해야 할 것이, 텍스트로 삼았던 글을 동경한 나머지 그대로 닮으려 하는 경향이다. 이것은 좋은 방법이 아니다. 어차피 문장은 쓰는 사람의 성격을 그대로 닮기 때문이다. 이런 말을 하면 사람들은 뻥친다거나 과장하지 말라고 하는데, 그렇지 않다. 이를 확인하는 간단한 방법이 있다.

누군가와 나누는 이야기를 그대로 녹음하고, 그 녹음을 기록해 보라. 한 자도 빼지 말고 오가는 대화를 그대로 풀어써라. 그리고 녹취에서 상대방의 말을 지우고 나의 말만 정리한 다음 찬찬히 읽어보라. 나름대로 특징이 보일 것이다. 말(문장)의 구조와 버릇, 사용 빈도 수가 많은 특정 단어가 눈에 띌 것이다. 그렇다. 바로 이게 당신만의 목소리다. 그걸 기본으로 삼아서 글을 쓰면 자기 나름의 색깔을 만들어낼 수 있다.

꼭지마다 플롯을 짜라

지금 우리가 쓰는 자서전 원고에는 꼭지마다 주제가 있을 것이다. 시간 순서대로 써나가든, 뽑아놓은 키워드를 하나씩 글감으로 삼아 써나가든 마찬가지다. 꼭지마다 주제가 있을 것이다.

'초등학교 3학년 시절'에 대해 쓴다고 하면, 이 초등학교 3학년 시절이 내게 어떤 의미가 있는지가 매우 중요하다. 아무런 의미가 없다면 이 얘기는 굳이 할 필요가 없다. 학교에 갔다 집으로 왔다는 이야기 말고 무엇을 쓸 수 있겠는가. 분명히 특이사항이 존재하기 때문에 이 꼭지를 쓰려고 할 것이다.

그 특이사항이 바로 주제이다. 매 꼭지에서 하는 이야기들은 결국 주제를 설명하거나 뒷받침하기 위해 동원된다. 그렇다면 그 주제에 대해 어떻게 접근할 것인지 글을 쓰기 전에 생각해야 한다. 전문용어로 하면 구상단계, 즉 플롯(구성)을 짜는 것이다.

무엇인가를 누군가에게 전하기 위한 글을 쓰려면, 우선 이야기의 발화점이 있어야 한다. 이야기가 느닷없이 하늘에서 떨어지는 것이 아니라면, 정당성을 확보한 시작점이 있게 마련이다. 우연이든 필연이든 이것이 실마리다.

이렇게 이야기가 발화되면(발단) 이 불꽃이 그대로 있는 것이 아니라 서서히 타오르면서 문제라는 불길을 키운다(전개). 그러다 불꽃은 마침내 확 타오르면서 최고조에 다다르고(절정), 그러다 사그라져 잿더미라는 결과를 남긴다(대단원).

이야기 구조는 이런 흐름을 그리는 게 일반적이다. 이 흐름에 따라 어떤 이야기를 어떻게 배치할지 구상하여 메모하는 것이 글을 써나가는 데 도움이 된다.

그리고 플롯을 짤 때, 묻고 대답하는 방식을 쓰면 효율적이다. 거의 모든 글은 질문에 대한 답을 찾아 나가는 과정을 묘사한 것이라고 해도 틀리지 않는다. 그렇다면 질문하고 그 답을 찾는 식으로 구성한다면 아주 명쾌한 방식으로 글을 전개할 수 있다.

스토리텔링을 하라

요즘은 어디를 가나 스토리텔링이 대세다. 스토리텔링을 하면 그만큼 감동이 수반되고, 설득력이 생기며, 읽고 난 이후에도 지속적인 관심을 유발하는 효과가 있다.

전통시장 부흥 프로젝트를 기획하고 실행하는 일을 하는 '시장 기획자'라는 사람과 이야기를 나눈 적이 있었다. 그에 따르면 시장에서도 스토리텔링을 하면 매출 신장이 확실하다고 한다.

시장의 후미진 곳에 채소 가게가 있었다. 그 채소 가게에는 늘 부부가 함께 나와 장사를 했다고 한다. 그러던 어느 날, 아내만 가게에 나왔다. 단골손님이 채소를 사러 왔다가 덤을 많이 주는 아저씨는 어디 가셨냐고 물었다. 아내는 아저씨가 큰 수술을 하느라 병원에 입원해 있다고 대답했다. 이에 놀란 손님이 무슨 큰 수술이냐고 묻자, 아내는 신장이식 수술이라고 대답하며 눈물을 흘렸다. 지극한 남편 사랑에 감복한 고객이 힘들겠다고 위로하자 아내는 고맙다며, 남편에게 신장을 준 분이 정말 감사하고, 자신도 한 달 후 남편에게 신장을 준 분의 남편을 위해 신장을 기증할 예정이라고 했다.

이런 이야기가 입소문으로 퍼지면서 그 채소 가게는 관심의 대상이 되었고 매출까지 쑥쑥 늘었다. 자서전 역시 이런 식의 사연이 있으면 금상첨화이다. 물론 거의 모든 소재가 이야기를 안고 있어서 다른 글과는 달리 자서전 쓰기는 유리한 편이다.

그런데, 스토리텔링을 할 때 주의해야 할 점이 있다. 이야기를 평면적으로 서술하면 읽는 이에게 아무런 감동도 주지 못한다. 그래서 극적인 구성을 하는 것이 좋다. 앞에서 얘기한 구성을 상기해보자.

구체적으로 써라

자서전을 처음 쓰는 사람들은, 대개 숲은 그린대로 그려 내는데, 그 안에 있는 나무들을 그리는 데 애를 먹는다.

지금의 나의 전신을 찍은 사진이 한 장 있다고 하자. 이 사진은 내가 태어나서부터 지금까지 갖은 풍파와 고난, 또 행복과 기쁨이 망라된 모습이다. 눈에 드러나지는 않지만, 이 말에는 누구나 동의할 것이다. 지금의 나의 모습에서 태어나던 때의 모습, 코흘리개 모습, 군인의 모습, 결혼과 첫 아이 낳고 행복해하는 모습, 사업에 실패해 실의에 빠진 모습을 구체적으로 찾아볼 수는 없지만, 지난 세월을 켜켜이 쌓아 올린 나의 모습이라는 사실만큼은 분명하다.

그래서 자서전을 써보자고 하면 지금의 나의 모습을 잘 묘사한다. 얼굴을 둥글넓적하고, 머리카락은 반백이고, 이마의 V자 주름살이 유난히 돋보이고……. 그래도 그런 묘사만으로 나에 대해서 제대로 묘사했다고 할 수는 없다. 이것만으로는 도대체 그 사람이 누구인지조차도 모를 것이다.

그러므로 확대경으로 보듯 자세하게 들여다보고 세세한 것을 끄집어내야 한다. 가령 눈 위에 한 일 자(一) 상처가 있는데, 이 상처는 초등학교 1학년 때 친구들과 숨바꼭질하다 드럼통 위에 넘어져서 다친 상처이고, 오른쪽 배 아래에 난 수술 자국은 단순한 맹장 수술이 잘못돼 복막염으로 발전해 인생을 뒤바꿔버린 재수 시절의

훈장이고, 발뒤꿈치에 유난히 두꺼운 굳은살은 육군 말단보병 소총수로 100km 행군한 흔적이다. 이렇게 확대경 속에 나타난 구체적인 흔적을 통해 한 그루 한 그루 나무들을 찾아내면서 지금의 몸에 스민 지난 세월의 흔적을 드러낸다.

그래서 이런 구체적인 사례를 찾기 위해 세세하게 연보를 작성하고, 자기소개서를 쓰고, 내 인생의 키워드를 찾고 했던 것이다. 글을 쓸 때도 큰 줄기를 쓰다 보면 할 얘기가 금세 떨어진다. 그러나 아주 작은 사건 단위로 접근하면 할 이야기가 오히려 넘친다. 사건이 일어나기 전의 상황에서부터 사건의 발단, 사건의 전개 과정, 그리고 결과까지 모든 것들을 구체적인 정황 속에서 언급하다 보면 할 얘기가 자연스럽게 많아진다. 또한, 이야기가 구체적이면 사건 순간순간이 주는 묘한 긴장감으로 쓰는 사람이나 읽는 사람 모두 숨죽이고 글의 내용에 빨려 들어간다.

다만 구체적으로 사건을 쓸 때는 서술이 치밀해야 한다. 치밀하게 서술하라는 것은 빈틈없이 할 이야기를 다 하라는 이야기다. 사건 전개를 사실 그대로 따라가면서 알고 있는 그대로 서술하면 된다. 치밀하게 한다고 나름대로 구성을 시도하기도 하는데, 물론 기승전결을 잘 짠다면 문제가 없겠지만, 자칫 잘못 짰을 땐 아니함만 못한 경우가 있다. 이야기가 끌고 가는 대로 따라가면서 서술하는 것이 가장 안전하다.

'이야기가 끌고 가는 대로'라는 말에 관해 설명이 필요할 것 같다. 많은 소설가에게 어떻게 글을 쓰느냐고 물어보면 상당수가 주인공이 끌고 가는 대로 쓴다는 표현을 한다. 독자들도 자서전을 쓰다 보면 생각보다 먼저 글이 써지는 것을 경험하게 될 것이다. 이야기에 몰입하다 보면 머릿속에 있는 기억들이 알아서 손을 움직이는 것이다.

서사와 묘사를 적절히 조화시켜라

이야기를 서술하는 데 쓰이는 서사와 묘사는 소설작법 강의에서 빠지지 않고 등장하는 중요한 항목이다. 그러나 여기서는 소설작법과는 조금 결이 다를 수 있음을 전제하고 설명해보겠다.

서사(敍事)는 '사건에 관해 시간의 흐름 또는 공간의 변화에 따라 서술하는 것'이다. 영어로 나레이션(narration)이다. 반면 묘사(描寫)는 '눈에 보이는 대로 그려내듯 서술하는 것'이다. 영어로 데스크립션(description)이다. 얼핏 보기에 같은 말 같지만 뉘앙스가 다르다.

서사가 사건이 진행되는 과정에 관해 쓰는 것이라면 묘사는 그런 사건이 일어난 공간이나 사물, 인물에 대해 그림을 그리듯 보여주는 것이다.

내가 서사와 묘사의 차이를 강조하는 데는 이유가 있다. 자서전을 쓰는 많은 사람이 서사에 너무 많은 지면을 할애한다. 즉 사건 자체에 대해서는 넘칠 만큼 이야기를 쏟아놓는다. 그러나 그런 사건이 일어났던 배경인 공간이나 시대상, 또는 사람들에 대해 언급하는 데는 인색하다. 어떤 경우엔 거의 묘사는 없이 서사만 있는 경우도 흔하다. 그러나 묘사도 매우 중요하다.

서사와 묘사의 명확한 구분은 어렵다. 다만 우리가 자서전을 쓰면서 특히 염두에 두어야 하는 것은 묘사 부분도 나를 이해하는데 매우 중요한 요소라는 점이다.

집에서 아이들과 놀았다고 할 때, 집도 기와집인지, 초가집인지, 함석집인지, 슬레이트집인지 다 분위기가 다르다. 기와집이라면 가문의 역사가 있다는, 초가집이라면 가세가 어렵다는, 함석집이나 슬레이트집이라면 박정희 정권 이후 개량된 지붕이라는 것을 각각 의미할 수 있다. 그렇다면 서사가 담고 있는 사건의 본질을 이해하기에 훨씬 풍부한 배경을 갖게 된다.

그래서 서사와 묘사가 적절히 조화를 이루어야 글이 훨씬 풍성하고 나아가 실체적 진실을 담아낼 수 있다.

짧게 써라

글쓰기 강의에서 이것을 빼놓으면 글쓰기 강의가 아니라고 해도 크게 틀리지 않을 명제가 있다. "한 문장에 한 가지 주제만 넣어라

(One sentence one topic)."

　처음 글을 쓰는 사람들은 대체로 문장을 길게 쓰는 게 특징이다. 하고 싶은 이야기를 전부 한 문장에 꾸겨 넣으려 하기 때문이다. 중요한 말은 꼭 앞에서 다 해야만 한다는 강박감이 작동한 결과이리라.

　그러나 그런다고 전하려는 메시지가 다 전달되는 것이 아니다. 오히려 의미가 분산되어서 무슨 말을 하려는지 독자가 헷갈린다. 의도야 어쨌건 결과가 이렇다면 그 문장은 문제가 있다. 우리가 글을 쓰는 목적은 내 삶을 이해하기 쉽게 설명하는 것이다. 우리가 전하려는 메시지를 정확하게 전달할 수 있어야 한다.

　명료하게 메시지를 전달하기 위해서는 단문을 사용하는 것이 좋다는 것을 앞서 이야기했다. 한 문장에 한 주제만 담으라는 것도 여러 번 강조했다. 하지만 실제로 글을 써보면, 이야기가 복잡하면 복잡할수록 단문의 나열로 글을 쓰기가 쉽지 않다는 것을 알 수 있다. 복잡한 문장을 짧게 나눈 것까지는 좋았지만, 어떤 순서로 이야기를 늘어놓아야 할지 알 수 없다. 지금부터 그 요령을 알아보자.

　"내가 밥을 허겁지겁 먹고 집을 나선 것은 늦잠을 자서 시간이 없었기 때문이었다."

　예시의 문장은 굉장히 복잡하다. '밥을 허겁지겁 먹었다.' '집을 나섰다.' '늦잠을 잤다.' '시간이 없었다.' 4가지나 되는 메시지가 들어있다. 이 문장을 잘라서 재배치한다면 어떤 기준으로 해야 할까?

첫째, 중요한 내용은 단문으로 처리하는 것이 좋다. 먼저 문장 안의 내용 중 가장 강조하고 싶은 내용이 무엇인지 살핀다. 글의 주제가 '늦잠'이라면 문장을 이렇게 나눌 수 있다.

"시간이 없어서 허겁지겁 밥을 먹고 집을 나섰다. 늦잠을 자고 말았기 때문이었다."

반면 글의 주제가 '배탈'이고 배탈이 난 원인을 이야기하는 문장을 쓴다고 하자.

"늦잠을 잔 탓에 시간이 없었다. 나는 허겁지겁 밥을 먹었다."

늦잠을 잔 것, 시간이 부족했던 것은 배탈의 간접적인 원인이고 밥을 급하게 먹은 것은 직접적인 원인이다. 중요한 문장을 단문으로 두었다. 반면 집을 나선 것은 배탈과 직접적인 관련이 없으므로, 이런 경우 아예 생략할 수도 있다.

둘째, 앞뒤 문장의 맥락을 살핀다.

뒤에 배탈 난 이야기가 나온다면, 앞의 예처럼 밥을 먹은 이야기를 맨 뒤로 놓는 것이 좋을 것이다. 그런데 뒤에 이어지는 이야기가 '서두름'에 대한 것이라면 연관성이 강한 '시간이 없었다'를 맨 뒤에 두는 것이 흐름을 알기 쉽다.

"늦잠을 잤다. 밥을 허겁지겁 먹고 집을 나섰다. 시간이 없었다. 할 수 없이 택시를 탔다."

이런 식이다.

셋째, 문장들을 시간 순서로 놓거나, 원인을 앞에, 결과를 뒤에 놓으면 이해하기 쉽다.

왜 허겁지겁 먹었는가, 그 원인은 시간이 없어서다. 또 집을 나선 것은 밥을 먹은 뒤다. 그렇다면 "늦잠을 자서 시간이 없었다. 밥을 허겁지겁 먹고 집을 나섰다." 이렇게 원인을 앞에 두고 결과를 뒤에 두면서, 시간 순서로 이야기가 흐르도록 하면 문장이 자연스럽게 구사된다.

그 외에 강조하고 싶은 것을 맨 뒤나 맨 앞에 두는 등 여러 가지 요령이 있지만, 문단 전체의 주제를 파악하고 앞뒤 맥락과 연관지어 파악하는 것이 가장 핵심이다. 서두르지 않고 차근차근 이야기를 풀어나가면 아무리 복잡한 이야기도 명료하게 전달할 수 있을 것이다.

비유법을 활용하라

글을 쓸 때 활용할 수 있는 여러 가지 법칙들이 있다. 비유법(직유법·은유법·의인법·활유법·대유법·풍유법·중의법·상징)을 비롯하여 강조법(과장법·반복법·점층법·열거법·연쇄법·영탄법·대조법), 변화법(반어법·역설법·대구법·설의법·문답법·도치법·돈호법) 등 생각만 해도 골치아픈 법칙들이 있다.

이 법칙들은 당연히 전달하고자 하는 메시지를 보다 의미 있게,

재미있게, 인상 깊게 하는 효과를 준다. 그래서 글을 잘 쓰려면 이런 표현 법칙들을 잘 활용하는 것이 좋다.

가령, "개 같은 인생"이란 표현이 있다고 해보자. 개의 인생이 어떤가. 물론 요즘엔 '반려견'이라 해서 개의 위상이 달라졌지만 예전엔 달랐다. '개'는 주인에게 충성을 다했지만 나중엔 잡아먹히는 비참한 삶을 상징했다. 그래서 인생을 '개'에 비유한 것은 결국 인생이 개와 같이 비참하다는 것을 의미한다. 그냥 '비참한 인생'이라고 쓰는 것보다는 '개 같은 인생'이라고 쓰는 것이 훨씬 있어 보이지 않는가. 이렇게 표현법은 문장을 훨씬 품위 있게 해준다.

그런데 문제는 이런 법칙을 일일이 다 기억하고 의식적으로 활용하기에는 한계가 있다는 점이다. 가뜩이나 글을 쓴다고 낑낑거리는데, 공연한 법칙들이 괴롭힌다고 생각하면 좋은 글은 고사하고 글 쓰고 싶은 욕구마저 사라지게 할지도 모르겠다.

해서 여기서는 우리가 익히 알고 활용하기 편하면서 동시에 활용했을 때 효과가 눈에 띄는 두 가지 법칙에 대해서만 알아보자. 직유법과 은유법이다.

직유법은 표현하고자 하는 바를 직접적으로 연결하여 비유하는 것을 말한다. 앞에서 예로 든 '개 같은 인생'처럼 '같이'를 비롯하여 '처럼' '듯' 등을 사용하여 원관념을 보조관념에 직접적으로 연결한다. '같은'을 빼고 나머지 예를 들어보자. "사흘 굶은 사람처럼 먹지 마." "마파람에 게눈 감추듯 먹는다."

은유법은 말하고자 하는 특성을 직접적으로 말하는 것이 아니라 비슷한 특성을 가진 소재에 빗대어 간접적으로 표현하는 것이다.

은유법의 대명사로 꼽히는 김동명의 시구를 보자.

"내 마음은 호수요."

'호수' 하면 어떤 이미지가 떠오르는가? 맑고, 잔잔하고, 거울 같이 상대를 비추어낸다. 고요하고 평온한 마음, 당신의 마음을 반사해 보여주는 마음 등을 상상해볼 수 있다. 즉 이 문장은 문자 그대로 내 마음이 호수라는 것이 아니라 내 마음이 호수와 공통된 어떤 속성을 갖고 있다는 의미이다. 직유법보다 조금 어렵고 자칫 오해의 여지도 있지만, 그만큼 풍부하고 세련된 느낌이 든다.

자, 그럼 "내 마음은 호수요."라는 은유법 문장을 직유법으로 바꿔보자. 어떻게 활용할 수 있는지를 분명히 느끼게 해줌과 동시에 두 비유법을 확실하게 알게 될 것이다.

"호수 같은 내 마음."

이 두 비유법 중 어느 것이 더 낫다는 가치평가는 할 수 없다. 다만 직유법은 직접적으로 마음을 표현하는 것이고 은유법은 간접적으로 표현한다는 차이를 알고 활용하면 된다. 가령, 사랑을 고백할 때 직접 대놓고 하는 것보다 은은하게 은유적으로 하는 것이 상대방의 마음을 움직일 가능성이 크다. 반면 지금 당장 결단을 내려야 하는 상황이라면 '무 자르듯' 직접적으로 하는 것이 훨씬 생생한 표현이 된다.

접속어를 활용하라

'그리고', '그러나', '그런데'와 같이 문장과 문장을 이어주는 역할을 하는 단어들을 접속어라고 한다. 흔히 이런 단어들을 '접속사'라고 아는데, 이는 영어 문법의 영향 때문이다. 영어에서는 'and' 'but' 같은 단어를 접속사라고 부르지만 우리말에서는 접속사가 아니라 접속어가 맞다.

우리 국어의 품사에는 명사, 대명사, 수사, 조사, 동사, 형용사, 관형사, 부사, 감탄사 등이 있는데, 접속사는 따로 품사에 들어가지 않는다. 단어와 단어를 연결하는 역할을 하는 품사로는 조사가 있지만, 문장과 문장을 연결하는 '그리고' '그러나'와 같은 단어들은 따로 품사로 치지 않고 부사에 포함한다. 그래서 국어 문법에서는 이들 단어를 '접속사'가 아닌 '접속어'라 부른다.

접속어는 '접속'이란 말이 의미하듯 문장과 문장을 이어주는 역할을 하는 단어이다. 글을 쓰다 보면 앞 문장과 뒷 문장이 무슨 상관인지 잘 알 수 없어 읽는 흐름이 끊길 때가 있다. 이럴 때 동원되는 것이 접속어이다. 접속어는 뒤에 나올 문장의 내용을 앞과 연관하여 더 쉽게 이해하게 도와준다.

앞뒤 문장이 어떤 관계이냐에 따라 사용하는 접속어의 종류는 달라진다.

- 순접관계 : 앞의 내용을 이어받아 연결하는 역할.

  (예) 그리고

  (예문) 학교에 다녀왔다. 그리고 점심을 먹었다.

- 역접관계 : 앞의 내용과 상반되는 내용을 이어주는 역할.

  (예) 그러나, 그렇지만, 하지만, 그래도

  (예문) 나는 밥을 잘 먹는다. 그러나 빵은 싫어한다.

- 인과관계 : 앞뒤의 문장을 원인과 결과로, 또는 결과와 원인으로 이어주는 역할.

  (예) 그래서, 따라서, 그러므로, 그러니까, 왜냐하면

  (예문) 나는 배가 몹시 고팠다. 그래서 밥을 두 공기나 먹었다.

- 대등, 병렬관계 : 앞뒤의 내용을 같은 자격으로 나열하면서 이어주는 역할.

  (예) 또는, 혹은, 및, 이와 함께

  (예문) 학교를 갈 것인지 또는 안 갈 것인지 결정하라.

- 첨가, 보충관계 : 앞 내용에 새로운 내용을 덧붙이거나 보충할 때

  (예) 그리고, 더구나, 게다가, 아울러, 그뿐 아니라

  (예문) 기분이 나빴다. 더군다나 학교 가는 길에 똥까지 밟았다.

- 확언, 요약관계 : 앞 내용을 바꾸어 말하거나 간추려 짧게 요약 할 때

  (예) 요컨대, 즉, 결국, 말하자면

  (예문) 느릿느릿 걸어갔다. 결국 지각하고 말았다.

- 전환관계 : 앞의 내용과는 다르게 화제를 바꾸며 이어주는 역할.

  (예) 그런데, 그러면, 한편, 다음으로, 여기에, 아무튼

  (예문) 그는 그렇게 하루를 마감했다. 아무튼 그것은 그의 삶은 고
  달프다는 것을 상징했다.

- 예시관계 : 구체적인 예를 들어 설명할 때

  (예) 예컨대, 예를 들면, 이를테면

  (예문) 그는 밥을 엄청나게 빨리 먹는다. 이를테면 마파람에 게 눈 감
  추듯 말이야.

글쓰기 책들을 보면 가능하면 접속어 사용을 자제하라고 조언하
는 경우가 있다. 접속어가 덜 들어갈수록 좋은 문장이라면서. 하지
만 나는 이 주장에 동의하지 않는다. 우리말에 접속어가 존재하는
것은 엄연히 필요가 있기 때문이다. 필요할 때 적절히 활용하면 기
대 이상의 효과를 낼 수 있다. 남용하는 것이 문제일 뿐이다.

단어와 단어, 문장과 문장, 문단과 문단 사이에서 제 자리에 맞게
들어간 접속어는 글을 물 흐르듯 자연스럽게 만들어준다. 글에 매
끄러움과 자연스러움이 필요하다면 망설이지 말고 접속어의 도움
을 받자.

나가며

참 힘든 과정을 거쳐 드디어 책을 만들었다. 정말 뿌듯할 것이다. 당신이 이 책을 손에 든 때가 엊그제 같았는데, 시간이 활시위를 떠난 화살처럼 빠르게 흘러 과녁을 제대로 맞혔다. 감개가 무량하다.

글이라곤 SNS에 몇 자 적는 정도로 즐기던 우리가 자서전 한 권을 쓰겠다고 나섰으니 무모하긴 무모했다. 그러나 하나하나 따라하다 보니 어느덧 자서전 쓰기의 필수인 글에 대해 알게 되고, 또 자서전을 쓰는데 필요한 자료들이 차근차근 쌓였을 것이다. 집필, 퇴고, 출간, 이 모든 과정이 처음 접하는 낯선 일들이었지만 생각보다 어렵지 않았을 것이다.

아마 당신이 건넨 자서전을 받아든 이들 중 열에 아홉은 처음에는 의심할 거다. 이게 네가 진짜 쓴 게 맞느냐. 썼다고 해도 중간에 남몰래 써주거나 고쳐준 사람이 있는 거 아니냐. 별의별 의심을 다

할 것이다. 이런 반응에 대해 당신은 깔끔하게 웃으며 말하면 된다.

"생각이야 자유니까, 알아서 생각해!"

장황한 변명보다 더 의미심장한 이 한 마디에 지인들은 당신을 다시 쳐다볼 것이다.

자서전도 끝냈으니, 그럼 이제 뭘 할까. 논다고? 물론 좀 쉬어야겠지. 하지만 쉬더라도 힘들게 익힌 글쓰기 솜씨를 그냥 묵히지 않았으면 해서 이런 제안을 해보고 싶다.

평소 내가 좋아하는 분야가 있다면 그 분야의 책을 한 번 써보면 어떨까. 이 책에서 거쳤던 프로세스를 그대로 따라 하면 된다. 다만 '자서전'을 '책' 또는 '분야'로 바꿔 읽으면 된다. 책 쓰기 과정이 자서전이라고 해서 다르고 실용서라 해서 다른 게 아니다. 다 거기서 거기다. 그런데 당신들은 그 과정을 온몸으로 다 겪었다. 이 경험은 이제 어디 내놔도 손색없다. 저자가 된 것이다.

글쓰기의 재미를 느꼈다면 이제 독서도 폭을 넓히면서 내가 좋아하는 분야, 내가 책을 쓸 수 있는 분야에 관한 공부를 시작하는 것도 좋다. 젊은 친구들도 마찬가지지만 은퇴를 하거나 은퇴를 앞둔 이들이라면 글쓰기, 나아가 책 쓰기만 한 일이 또 있을까. 전문직으로 재탄생하는 것은 물론이거니와 생산적이고 효율적인 인생 2막을 가꿀 수 있는 소중한 자산을 다시 발견한 것이다.

요즘 낮에 동네 공공도서관에 기보면 젊은 은퇴자를 자주 만난다. 그들 중 많은 사람이 소일거리로 독서를 택한 사람들이다. 공공

도서관 장서 수준이 우리의 교양을 쌓는 데는 불편함이 없을 정도라서 책을 읽기도 좋다. 그러니 책을 도서관에서 빌려 읽으며 나름 저자로서 지식을 쌓고 글 쓸 거리를 찾을 수 있는 환경이 만들어졌다.

요즘 새롭게 글쓰기에 도전해 유명 저자로 거듭난 이들이 심심찮게 등장한다. 그렇다고 꼭 유명 저자가 되겠다는 꿈을 가지라는 것은 아니다. 유명세가 없으면 또 어떤가. 삶은 다 자기만족이다. 내 삶에 보람과 기쁨이 커지게 하는 일을 찾아야 한다. 글쓰기가 바로 그런 일이 아닌가 한다.

자, 힘든 과정을 용케도 잘 견뎌온 당신들에게 무한한 박수를 보낸다. 당신들의 자서전을 읽는 것으로 그동안 고생과 성취를 격하게 격려하련다.

| 참고문헌 |

그레고어 아이젠하우어, 《내 인생의 결산 보고서》, 배명자 옮김, 책세상, 2015.

김재호, 《합격 자소서 이렇게 쓴다》, 시간여행, 2017.

린다 스펜스, 《내 인생의 자서전 쓰는 법》, 황지현 옮김, 고즈윈, 2008.

메리 카, 《자전적 스토리텔링의 모든 것》, 권예리 옮김, 다른, 2016.

바버라 베이그, 《하버드 글쓰기 강의》, 박병화 옮김, 에쎄, 2011.

방현석, 《이야기를 완성하는 서사패턴 959》, 아시아, 2013.

송숙희, 《모닝 페이지로 자서전 쓰기》, RHK, 2009.

스티븐 킹, 《유혹하는 글쓰기》, 김진준 옮김, 김영사, 2002.

유시민, 《유시민의 글쓰기 특강》, 생각의길, 2015.

유시민, 《나의 한국현대사》, 돌베개, 2014.

이남희, 《자기 발견을 위한 자서전 쓰기 특강》, 연암서가, 2009.

이만교, 《나를 바꾸는 글쓰기 공작소》, 그린비, 2009.

이승우, 《당신은 이미 소설을 쓰기 시작했다》, 마음산책, 2006.

이승우, 《소설을 살다》, 마음산책, 2008.

이외수, 《글쓰기의 공중부양》, 해냄, 2007.

이태준, 《문장강화》, 창비, 2005.

잭 하트, 《논픽션 쓰기》, 정세라 옮김, 유유, 2015.